SOPA DE LIBROS

Título original: *Caderno de Agosto*

© Del texto: Alice Vieira, 1995
© De las ilustraciones: Páliaz, 1997
© Editorial Caminho SA, Lisboa, 1995
© De la traducción: Mario Merlino, 1997
© De esta edición: Grupo Anaya, S. A., 1997
Juan Ignacio Luca de Tena, 15. 28027 Madrid
www.anayainfantilyjuvenil.com
e-mail: anayainfantilyjuvenil@anaya.es

Primera edición, diciembre 1997; 2.ª impr., septiembre 2000
3.ª impr., noviembre 2000; 4.ª impr., diciembre 2001
5.ª impr., marzo 2004; 6.ª impr., marzo 2007
Diseño: Manuel Estrada

ISBN: 978-84-207-8457-1
Depósito legal: M. 15095/2007

Impreso en ANZOS, S. A.
La Zarzuela, 6
Polígono Industrial Cordel de la Carrera
Fuenlabrada (Madrid)
Impreso en España - Printed in Spain

Vieira, Alice
Cuaderno de agosto / Alice Vieira ; ilustraciones de Páliaz ;
traducción de Mario Merlino. — Madrid : Anaya, 1997
192 p. : il. n. ; 20 cm. — (Sopa de Libros ; 19)
ISBN 978-84-207-8457-1

1. Diarios. 2. Escritores. 3. Divorcio. 4. Relaciones familiares.
I. Páliaz, il. II. Merlino, Mario, trad. III. TÍTULO. IV. SERIE
869.0-3

Cuaderno
de agosto

Alice Vieira

Cuaderno
de agosto

Ilustraciones
de Páliaz

Traducción de Mario Merlino

Son exactamente las tres de la tarde del primer día de agosto y voy a cumplir la promesa. Mejor dicho: vamos a cumplir la promesa. La miro, siempre muy erguida frente al ordenador, y estoy segura de que todo saldrá bien. En este momento Antonio debe de estar cambiando impresiones con su padre sobre los últimos adelantos de la psiquiatría. Me da mucha pena Antonio, pero alguien tenía que sacrificarse. Aunque tampoco sé muy bien si será un sacrificio para él, porque, en el fondo, en el fondo, Antonio sueña con un bonito consultorio lleno de gente perfumada, y la voz de Belmira al teléfono: «Hola, señora Marques, ¿cómo está?, lo siento pero el doctor no podrá atenderla hasta el mes que viene.» Esa historia de ser médico para el bien del pueblo a mí no me convence: es pura palabrería de Antonio para ganarse la simpatía de Renata. Y un paseíto en su *Harley-Davidson,* por supuesto.

La casa está en silencio: el ordenador apenas se oye, y mi madre no soporta la música cuando trabaja. Aquí entre nosotros, ella es todavía un poco torpe manejándolo: «Oye, Gloria —"Gloriña" si la angustia es mucha—, y si toco esta tecla, ¿qué ocurre?» Ya le he explicado muchas veces todas las teclas, las maravillas y los peligros de un aparato de ésos, y que tiene que estar muy concentrada si no quiere que, de repente, todo se lo lleve el «Manco». La abuela Tita se pone furiosa cuando digo esto. Ya le he contado no sé cuántas veces que el Manco era un general de las invasiones francesas que sólo tenía un brazo, y que era tan terrible, que las madres de entonces decían a los niños de entonces que los mandarían con el Manco si se portaban mal o si no se tomaban toda la sopa; esas cosas con que las madres, en todas las épocas de la Historia, amenazan a sus hijos. Pero mi abuela es insensible a los argumentos históricos y sólo farfulla entre dientes: «Cosas que tu madre te mete en la cabeza.»

Mientras mi madre utiliza los adelantos de la técnica, yo me conformo con este bolígrafo de capuchón roído y con este cuadernito todo lleno de guirnaldas y de flores, con las hojas en tonos apagados de rosa y lila, y, en medio, la cara desenfocada de los Beatles. Me cuesta un poco escribir encima de sus caras, lo confieso, incluso ahora mismo la «B» ha quedado montada en la nariz de John Lennon; pobre, no hay mal del que se salve, ni siquiera después de muerto descansa.

Si yo utilizase el ordenador, no habría guirnaldas ni flores, y además es divertido escribir en un cuaderno así. Luciana tiene uno parecido, sólo que huele a fresas. Yo soy un poco más discreta, aunque sólo sea porque su aroma podría llevarme a la suprema tentación de ir al frigorífico, donde hay un cuenco lleno, y a mí las fresas me dan alergia. Una de las pocas alergias que tengo. Una de las pocas alergias que Tiotonio no tenía.

Todas las cortinas de la casa están corridas, abiertas lo mínimo indispensable para que podamos trabajar, por culpa de este calor infernal de agosto. Pero así ha de ser: desde las ocho hasta el mediodía nos quedaremos aquí, ella pensando en Mónica y Alfredo Enrique, y yo pensando en todo y llenando las hojas de este cuaderno con lo que ha sido nuestra vida en estos últimos tiempos.

Cuando éramos pequeños, íbamos todos en agosto a la Casa de la Vega, que era enorme y cabía toda la familia. Fabio y Marco aún eran bebés y todo el mundo los encontraba muy graciosos. Después, el tío Anselmo y la tía Benedicta compraron aquella casa horrenda en Linda-a-Velha («Chalé Menezes», ¡¿cómo es posible vivir la vida entera en una casa con un nombre como éste y no morirse de vergüenza?!), y, como suele decirse, «campo por campo, nos quedamos en éste que es nuestro». Porque, para el tío Anselmo y la tía Benedicta, Linda-a-Velha es campo.

Después vino la historia del divorcio, y el abuelo Bernardo reconoció que no valía la pena abrir la casa sólo para él y para la abuela Tita, y que además Clarinda se estaba haciendo vieja y no aguantaba el trabajo que daba un caserón como ése. Se cerró la Casa de la Vega y empezamos a quedarnos en Lisboa durante el mes de agosto, que es la mejor época para vivir en la ciudad: no hay tráfico, no hay colas para los autobuses, no hay el barullo acostumbrado de los vecinos del quinto, que se marchan todos al Algarve, no hay choques en la esquina de nuestra casa, mamá encuentra siempre sitio para el coche justo enfrente de nuestra puerta, hay poca gente en las urgencias del hospital, y el médico de cabecera no se toma las vacaciones en este mes.

Y listo: desde las ocho hasta el mediodía estamos las dos aquí, en el despacho de mi madre. Ella porque tiene un trabajo que cumplir, y yo para vigilar y hacer que ese trabajo se entregue en el plazo fijado.

Así se lo prometí a Alejandro Ribeiro, jurando sobre *Pasiones en las dunas* y *Las noches ardientes de Bora Bora.*

Antonio y yo tenemos mucha experiencia en el noble arte de lidiar con nuestros padres. ¡Ojo con ellos! Ojo con ellos; si no, al mínimo descuido por nuestra parte, se pasan de la raya y se vuelven incontrolables.

Claro que todo es culpa de Mónica y de Alfredo Enrique. Y de *Interludio*.

Pero estoy completamente segura de que también es culpa de Tiotonio. Y del Arcángel.

—Y de Alejandro Ribeiro —dice Luciana.

—Y del médico. No podemos olvidarnos del médico de cabecera —dice Antonio.

Luciana y Antonio son un poco tontos; tenemos que perdonarles las bobadas que dicen. Por más que yo explique que lo de Alejandro Ribeiro es trabajo, sólo trabajo y nada más que trabajo, ella no se convence.

—Pues sí. Dice que es trabajo. Yo sé bien lo que es.

En cuanto al médico, pobre de él. Pero Antonio afirma que sí, que basta mirarlo para darse uno cuenta.

Lo que ocurre es que nuestra casa está justo enfrente de un hospital, de manera que por todo y por nada («sobre todo por nada», dice Antonio) mi madre se deja caer siempre por allí. Creo incluso que ya nos deberían haber dado algo parecido a un «pase preferente» para la primera camilla disponible.

O, si no, llamarla para que se haga socia.

—O pedirla en matrimonio —insiste Antonio, que es de ideas fijas.

Pero es una tontería. Además, mi madre, cuando habla del médico, ni siquiera comienza a silbar. Y el silbido es —como descubriremos más tarde— una señal bastante reveladora.

La primera vez que la oí, la miré sin darme cuenta de nada.

—¡Mónica se ha casado finalmente con Alfredo Enrique! —exclamé.

Mi madre me miró como si yo acabase de proferir el mayor disparate.

—¡Debes de estar loca, sin duda!

—¡Mamá, no me digas que no se casarán! Mira que...

Pero me cortó en seguida:

—No quiero saber nada de Mónica y de Alfredo Enrique.

Continuó silbando.

Seguí mirándola. Y ella, mientras tanto, se miraba las manos, se desperezaba en el sofá, del modo en que nos dice siempre que no se debe hacer, cruzaba y descruzaba las piernas, dejaba el zapato pendiente de la punta del pie y lo balanceaba de un lado a otro, hundía sus dedos en el pelo, se ponía un cojín de los grandes encima del vientre, miraba al techo.

Después, de repente, se levantó y se metió en la

cocina, siempre silbando. Agarró un paquete muy bien hecho, con papel de la pastelería del barrio y una cinta de color rosa toda rizada, que hasta parecía un regalo de Navidad, lo desenvolvió y metió todo en la nevera. Tuve la certeza de que eran yemas de huevo, cosa que mi madre odia.

—¿Qué es eso? —pregunté.

—Nada —dijo ella.

Es la peor respuesta que me pueden dar, y ella lo sabe.

Pero no tuve tiempo de replicar porque ya había cogido uno de esos enormes bolsos con que anda siempre («¡Yo qué sé si puede hacerme falta algo de repente!») y desaparecido por la puerta para dirigirse al colegio.

Siempre silbando.

Estaban ocurriendo cosas muy extrañas.

Mónica se había despertado de buen humor. Hacía mucho tiempo que no le pasaba algo así. A veces bastaba un simple detalle para ponerse contenta: la luz clara de la mañana, el café humeante en la taza de flores rojas, el agua límpida de Bora Bora en la fotografía recortada de la revista y pegada en la pared de la habitación, el calor de la ducha, la voz del locutor anunciando que son las siete en Portugal continental, las seis en Madeira y las cinco en las Azores. Se estremece cuando oye hablar de las cinco, ¡Dios mío!, qué tremendo si estuviese ahora levantándose en las Azores para ir al Salón Rosario, qué oscuridad debe de haber por allá.

Le da mucha pena no conocer las Azores. Todas las mañanas siente deseos de ir allí, cuando la radio da la señal horaria. En Madeira ya había estado en una ocasión: la extraña sensación de encontrarse en medio de una tarjeta postal, flores y verde por todas partes; aunque ella, a decir verdad, poca cosa vio durante ese año, pero recuerda siempre las malangas rojas y blancas, las esterlicias con aquel pico de ave justo en lo alto de su tallo, hortensias y plátanos por los caminos. En esa época comía plátano en el desayuno y maíz frito en casi todas las comidas. Doña Gilberta tenía un día fijo de la semana para freírlo, y que a nadie se le ocurriese fruncir la nariz ante el manjar:

—En esta casa a todos les gusta todo —dijo ella el día en que Mónica llegó.

—Me gusta todo —respondió Mónica.

—Menos mal —dijo doña Gilberta, que era de pocas palabras, sobre todo cuando estaban a la mesa, «lugar sagrado», como solía decir.

Mónica siente a veces nostalgia de Madeira y le apetece volver, para ver todo lo que Alfredo Enrique vio y ella no. Pero sobre todo le gustaría ir a las Azores, ver las cuevas y las lagunas y los volcanes, que sólo conoce por la televisión y por A la deriva, la revista que compra todos los meses. Son las cinco en las Azores. Fuera está a punto de amanecer. Y eso porque es casi verano; si fuese invierno, sería noche cerrada. Con esto de tener que ajustarnos al horario europeo, nos levantamos de noche y nos acostamos con el sol entrando por la ventana, piensa.

—Esto es lo que trastorna la cabeza de las personas —suele decir Tó Luces, que insiste en regir su vida por la hora solar y no por las reglas de la U.E.

—La manía de la normalización... —dice Mónica, mientras se rocía el cuerpo con agua de colonia—. Cualquier día de éstos llevaremos todos sellos como los pollos y las manzanas.

No le apetece pensar en esas cosas, para no empañar la alegría con la que se ha despertado. Alegría que no sabe de dónde viene. «Alfredo Enrique ya debe de estar esperándome», piensa, mirando el reloj, que se pone, deprisa, en la muñeca derecha.

—Nunca he visto a nadie usar el reloj en ese brazo —había exclamado doña Gilberta unos días después de que ella llegase—. Es para que los demás se fijen en ti, ¿no?

Se había callado, avergonzada. Después, con esfuerzo, anduvo diciendo por ahí que usaba el reloj en la derecha porque se había habituado en el colegio, así era más fácil ver el tiempo que faltaba para entregar las pruebas, bastaba sólo con mirar la mano que escribía.

—Rarezas del continente —había murmurado doña Gilberta.

La verdad es que nunca se había habituado a usar el reloj en la muñeca izquierda, como todo el mundo.

Como doña Gilberta.

Como Alfredo Enrique, que ya debe de haber mirado muchas veces su reloj, en el brazo correcto, sentado en una mesa del café en el que, todas las mañanas, antes de abrir el stand donde vende automóviles, la espera.

Cuando mi madre silba, es que algo extraño ocurre. Ésta fue una de las cosas más importantes que descubrí en estos mis quince años de aprendizaje de vida.

Porque mi madre raramente silba.

O mejor dicho: si alguien le pregunta «¿por qué estás silbando?», ella pone esa mirada de oh-Dios-mío-por-qué-me-has-hecho-tan-inteligente-en-medio-de-tantos-necios, y explica que no debe de haber sido más que una ilusión auditiva, que ella nunca, pero que nunca silba. Si tiene tiempo y la elocuencia profesoral le sube a la garganta, explica incluso un poco más:

—Mi madre siempre me decía que era muy feo que una niña silbase, y estas cosas que nos meten en la cabeza desde pequeños nunca se olvidan.

Mi abuela es así, realmente. Siempre dando órdenes. Llena de manías. Pero no es mala persona. La verdad es que no consigo estar junto a ella más de cinco minutos sin que comencemos a discutir. Porque tengo la falda demasiado corta. Porque ando siempre despeinada. Porque hablo de una manera que nadie entiende. Porque llego tarde a casa. Porque como y ceno en una bandeja y no en la mesa como toda la gente.

Y sobre todo porque mi ideal de un buen domingo no es, en modo alguno, ir con ella, el abuelo, Antonio y mi madre a casa de tío Anselmo y de tía Benedicta a aguantar a Marco y a Fabio; y tener que ver un vídeo que hicieron ellos, y que acaba siempre con la tía Benedicta despatarrada en el huerto, el tío Anselmo que la riega con una manguera y los tontos de mis primos que resbalan en el agua y se dan de morros con la caseta de *Rambo,* que se limita a mirar a todos con una expresión de profundo desprecio, y que es el único habitante del «Chalé Menezes» que mantiene en medio de todo aquello cierta dignidad.

La primera vez que fuimos allí para ver la película, incluso charlamos animadamente. Tía Benedicta hace un budín de maracuyá que es una tentación (hasta Tiotonio condescendió un día en «comer una cucharadita»), y no costó mucho soportar las peripecias familiares en la pantalla. El tiempo era bueno, nos dimos unos chapuzones en el estanque (al que ellos, muy pomposamente, llaman piscina), Marco y Fabio anduvieron todo el tiempo enganchados al Super-Mario, y no hubo desgracias mayores. «Un buen día», como suele decir tía Fátima.

La segunda vez, como la otra, pensé que no costaba nada complacer a mi madre, que tenía que preguntarle no sé qué a tía Benedicta, algo relacionado con los nuevos métodos de evaluación. Los profesores, cuando se encuentran, son insoportables. Y llegó, una vez más, el vídeo, «oye Anselmo, pasa deprisa esa parte, ¡qué vergüenza!», pero el tío Anselmo quería verlo todo otra vez, y otra más, y vuelta atrás y vuelta a empezar, «oye, Benedicta, si yo te había avisado que iba a regar el césped, ¿por qué te pusiste delante de mí?», y Marco y Fabio «¡miradnos, miradnos!», y yo harta de mirarlos a ellos y a los tíos y al perro, hasta el momento salvador en que el abuelo Bernardo se levantó y dijo:

—La charla está muy animada, pero tenemos que irnos, que no quiero pillar un atasco en el camino.

La tercera vez, ¡lo juro!, hasta el budín de maracuyá me descompuso.

Y a la semana siguiente fue aún peor, porque, entre tanto, el tío Anselmo había mandado una cinta al programa *Éste es tu vídeo,* convencido de que había hecho una obra de arte; y cuál no fue su asombro al ver que ese momento de exaltación de la alegría campestre era exhibido en la televisión entre «los peores de la semana».

—¡No han entendido nada! Pero siempre es así; ya se sabe que son siempre los amiguitos los que ganan...

A partir de ese momento, me di cuenta de que que todas las semanas iba a ser la misma historia: intentaría convencernos de lo perfectas que eran esas imágenes y de cómo reinaban la injusticia y el favoritismo en los medios de comunicación.

—Y no sólo —añadía siempre la abuela Tita.

Todo por el bien de la unión familiar y de los lazos que deben existir siempre entre primos. Por lo menos eso era lo que me decía el abuelo Bernardo cuando los sábados por la noche telefoneaba para fijar la hora de partida. El abuelo Bernardo y la abuela Tita viven con el pavor de «ver a la familia dispersa». Y creen que los mejores amigos que Antonio y yo podemos tener en la vida son Marco y Fabio, por la única razón de que son nuestros primos.

—La familia debe estar siempre por encima de todo —dice el abuelo Bernardo.

—Y no sólo —dice la abuela Tita.

Fabio se llama así porque nació en la época en que ponían en la televisión una telenovela con Fabio Júnior, y tía Benedicta decidió, después de media docena de episodios, que no había mejor nombre para su primogénito. Mi tía se enamora de todos los actores de las telenovelas brasileñas, sean ellos jóvenes, viejos o así, así. Fabio Júnior era entonces un pobre imberbe, según cuenta mi madre, pero para tía Benedicta, el acento carioca le hacía ganar en gracia lo que le faltaba en madurez.

Cuando nació Marco, ella estaba enamorada de un galán de esos entrados en años (eso es lo que dice mi madre; yo, cuando lo veo ahora en las 453 telenovelas que pasan todos los días por la televisión, creo que está completamente decrépito, pero en fin) y juró que el niño llevaría su nombre. Pero entonces el tío Anselmo se impuso, y chilló que «Tarsicio» sólo por encima de su cadáver. El tío Anselmo es un pedazo de pan, pero las pocas veces en que se irrita le da siempre por las grandes escenas dramáticas. Tía Benedicta siguió dale que te pego, pero después acabó desistiendo; quizá también porque el galán de la telenovela, pobre, al final se moría, tumbadito en la playa al lado de Bruna Lombardi, que era una juez pero no lo parecía para nada.

—Entonces se llamará Marco Antonio.

A la tía Benedicta le van los extremos. Después de las telenovelas, su pasión son las películas antiguas que, de vez en cuando, va a buscar al videoclub. Es capaz de ver la misma película varios días seguidos. En esa época le había entrado la obsesión por *Cleopatra,* un rollo insoportable con Elizabeth Taylor y unos actores malísimos que a ella le parecían la octava maravilla.

—Marco Antonio, el amor de Cleopatra —murmuró.

Tío Anselmo se encogió de hombros. Mientras no fuese Tarsicio...

De más está decir que tanto Fabio como Marco detestan los nombres que tienen. Para colmo, de nada valieron los gustos históricos de tía Benedicta: todos piensan que Marco se llama así por Marco Paulo. Nada que ver.

A lo mejor por eso son tan poco simpáticos. Si yo me llamase así, también estaría irritada con el mundo. Debe de ser lo que mi padre llama un «trauma infantil». Lo peor es que, según él, esas cosas no tienen cura, y no mejoran nunca. Tía Helena, por ejemplo, debe de ser un trauma infantil de Mónica.

Cuando se lo dije a mi madre, me miró con el ceño fruncido y preguntó:

—¿Quién te ha dicho eso?

—Nadie. Lo he descubierto yo.

—Ya. Esa historia del trauma, perdona, pero huele a tu padre a la legua.

Mi madre puede ser despistada, pero de tonta no tiene un pelo.

Yo me llamo María de la Gloria por D.ª María II.

Mejor dicho: por una tesis doctoral que mi madre comenzó a hacer en la época en que yo estaba a punto de venir al mundo.

D.ª María II es la gran pasión de mi madre, que aún hoy no ha perdonado que la hayan quitado de los billetes de mil.

En este momento, la tesis está parada. Ahora hay que resolver los problemas de Mónica y de Alfredo Enrique. Pero de vez en cuando mi madre tiene arrebatos culturales: entonces saca las 200 páginas, ya listas, del interior de un baúl de latón pintado de verde, y añade uno o dos párrafos. Pero cualquier día, dice mi madre, la continuará en serio. Mientras tanto, la reina duerme en el baúl verde donde mi madre mete todo aquello que no quiere perder: análisis, billetes extranjeros, recibo de los impuestos, relojes viejos y plumas estropeadas. Mi madre es incapaz de deshacerse de relojes y plumas, aunque ya hayan exhalado su último suspiro después de muchos años de leales servicios.

Cuando habla de D.ª María II, mi madre repite siempre que se trata de «uno de los personajes femeninos más dramáticos de la historia de Portugal», y quién soy yo para desmentirla. Pero ése no era un motivo para que me diesen su nombre.

—Tuviste mucha suerte, pues tu padre insistió en que sólo quería que te pusiese dos nombres —dice mi madre cuando yo protesto.

Pues sí. Estaré por ello eternamente agradecida a mi padre, que, por lo visto, en la época de mi nacimiento todavía no soñaba con pertenecer a la *jet-set* o con desfilar entre los invitados de la boda de D. Duarte Pío.

—Dos nombres. Sólo dos nombres —había dicho.

Y así me libré de cargar para el resto de la vida con el armonioso nombre de María de la Gloria Juana Carlota Leopoldina de la Cruz Francisca Javier de Paula Isidora Micaela Rafaela Gonzaga. Que era el sueño de mi madre.

Mi hermano se llama Antonio por motivos mucho menos intelectuales o aristocráticos: nació la noche del 12 al 13 de junio, cuando todo el mundo estaba en las verbenas comiendo sardinas asadas y oliendo a albahaca.

Todo el mundo, incluido mi padre, lo que hizo que mi madre, por esa razón, tuviese que inaugurar su larga relación con el servicio de urgencias del hospital de enfrente.

Dígase, en honor a la verdad y al buen nombre de mi padre, que a mi hermano no se le esperaba tan pronto.

—Para finales de junio —había asegurado la médica en la última consulta.

Pero mi hermano siempre fue muy precipitado. Y no nació en las Escadinhas de S. Miguel, al son de «oye la charanga / oye esta canción», porque mi madre, a última hora, tuvo miedo de ir a Alfama con su tripa ya muy crecida y, además, iban a poner en la tele una película que le apetecía mucho ver. La verdad es que mi madre nunca se ha vuelto loca por las fiestas de los santos populares, y prefirió mil veces quedarse tranquila en casa.

—Pero ve tú, que te gustan tanto —le dijo a mi padre, con la expresa recomendación de que le trajese un tiesto de albahaca con su clavel de papel y una copla apropiada.

Está claro que no hubo película ni tranquilidad doméstica: minutos después de salir mi padre, mi madre entraba en urgencias, quejándose de unos dolores en la espalda que le parecían muy extraños.

—Pues sí que son extraños —dijo el médico riendo—. ¡Es su hijo, que está a punto de nacer!

Horas después entraba en urgencias mi padre, despavorido, con el tiesto de albahaca en la mano, en busca de mi madre, a quien, antes de salir, le había dado tiempo de dejarle una nota encima de la mesa de la entrada: «Voy a urgencias. No tardaré.»

—¿Cómo está mi mujer? —preguntó, alarmado.

—¿Su mujer? ¿Y quién es su mujer? —refunfuñó la empleada de la recepción—. Si usted supiese la cantidad de mujeres que ha entrado esta noche...

—Mi mujer está embarazada... Se llama Luisa...

—¡Ah!, ya sé. Aquí está la ficha. Su mujer está en la sala de partos —le comunicó la empleada, que sin duda tenía más ganas de estar comiendo sardinas asadas en Alfama que allí de guardia.

—¿En la sala de partos? —se sorprendió mi padre—. ¿Haciendo qué?

—Bailando muñeiras o saltando hogueras —farfulló ella.

A mi padre le iba a dar algo.

—¡Señora, no me venga con bromas en un momento así! Mire que yo...

—Pero ¿qué quiere usted que esté haciendo una embarazada en una sala de partos? —gritó la mujer—. ¡Está pariendo!

—¿Pariendo? ¡Pero el niño tenía que nacer a finales de julio!

—Se ha adelantado, ¿qué quiere que yo le haga? Debe de estar con ganas de gastarle una broma a san Antonio —dijo la mujer. Y lo dejó allí, solo, con el tiesto de albahaca en la mano («Pero ¡por qué no habré dejado esta porquería en casa!»), y el clavel de papel a un lado, con una copla colgada donde se leía:

San Antonio dijo haré
a las mozas casaderas.
La promesa ha sido en vano:
que aquí estoy yo sin pareja.

No se podía decir que fuese una copla muy apropiada para la situación, pues san Antonio es casamentero y no partero.

Y ahí se quedó, fumando un cigarrillo tras otro, caminando de aquí para allá, preguntando «¿Cómo va?» a todas las personas que pasaban cerca de él con pinta de médicos o de enfermeras.

—¿Cómo va qué? —se admiró uno de bata azul que no sabía de qué le estaba hablando.

—¿Mi mujer?

—¡Y yo qué voy a saber de su mujer! Lo mejor es que pregunte a una enfermera, yo me ocupo de la limpieza y sólo me gustaría saber dónde me han puesto el condenado cubo. Hay allí un borracho vomitando en el pasillo que da asco, dentro de poco resbalarán todos en esa inmundicia y no quiero ni pensar en lo que ocurrirá.

Y el de la bata azul desapareció por el pasillo, mientras mi padre despotricaba contra los médicos, las enfermeras, el servicio de salud, los borrachos, san Antonio, mi madre y el niño precipitado.

Para colmo mi padre estaba preparado para asistir al parto y todo. Había acompañado a mi madre a las consultas, había sido un futuro padre ejemplar, e incluso ya tenía la cámara de vídeo lista para entrar en acción cuando llegase el momento. Al final todo había sido en vano, y allí estaba, en urgencias del hospital de enfrente, albahaca en mano, sin saber qué estaba ocurriendo más allá de aquel pasillo. Intentó también llamar a la médica de mi madre, pero primero no tenía monedas para el teléfono, y, cuando las consiguió, del otro lado no le respondió nadie.

—Claro..., estará en la romería... —refunfuñó mi padre.

Mientras tanto, la empleada de la recepción había cambiado.

—Señora, ¿puede darme alguna noticia sobre mi mujer? —intentó mi padre de nuevo.

—¿A qué hora entró? —preguntó, medio dormida.

Mi padre tragó saliva; no lo sabía muy bien, él se había enterado de que ella había acudido a urgencias al llegar a casa.

—Déjeme ver... —refunfuñó la mujer—. ¡Se fue de juerga y su mujer en casa trabajando!

Mi padre volvió a tragar saliva; que tampoco era así, que su mujer estaba embarazada y...

—¡Para colmo embarazada! ¡Eso es no tener ninguna conciencia, perdone que le diga! —se indignó la mujer—. ¡Por eso y por otros muchos motivos nunca me casaré!

Mi padre estuvo a punto de responderle que si no se casaba sería sin duda a causa de sus 120 kilos de peso y de la verruga con un pelo clavado justo debajo de la nariz, pero se calló; lo que quería era saber de mi madre y no crear conflictos innecesarios.

—¿Es el primer hijo? —preguntó la arpía.

—Sí.

Entonces soltó una carcajada.

—¡Aún tiene mucho que esperar! ¿Acaso piensa usted que esto es coser y cantar? ¿Cree que es como con las perras? ¡Ay, estos hombres, estos hombres!, cómo se ve que no son ellos los que tienen a los hijos... Siéntese ahí, siéntese ahí, que esto no ha hecho más que empezar.

Y desapareció de la recepción, mientras mi padre pisaba una colilla más, se abría más el cuello de la camisa, se sentaba y se levantaba, mirando siempre hacia la puerta de donde habría de salir el médico o la enfermera o la mujer de la limpieza o quien fuese para darle alguna información.

Pasaron horas. Ya había perdido la cuenta.

Por aquella puerta ya habían entrado cinco cabezas rotas, un cuello con un navajazo, tres costillas dislocadas, dos cólicos nefríticos, una voz ronca que gritaba «¡sujétenme, que la mato; sujétenme, que la mato!», sostenida por otra que replicaba «¡Marcolino, no hagas caso; son todas intrigas de tu suegra!», sin contar al borracho, que seguía vomitando.

—Hombres... —refunfuñaba la mujer, que había vuelto a la recepción—, son todos iguales, todos de la misma calaña. ¡Para mí no hay ni uno que se salve! Menos mal que yo no tengo que soportarlos.

Mi padre se acercó tímidamente:

—¿Mi mujer?...

—¡Señor, ya le he dicho que no tenga prisa! Siéntese ahí, que cuando sea necesario lo llamaré. ¡Tranquilo, que no nos vamos a quedar con su mujer!

Y suspiró, añadiendo:

—¡Ay, estos hombres, estos hombres!...

El parto fue largo. Mi hermano traía el cordón umbilical alrededor del cuello y tuvo que recibir oxígeno para romper a llorar. Horas después, llegaba, finalmente, el médico:

—¡Enhorabuena! ¡Ha tenido un chaval estupendo! Pesa...

Y el médico no dijo más: con el cuello abierto, descalzo y con la albahaca en la mano, mi padre dormía el sueño de los justos.

Alfredo Enrique espera a Mónica.

Ya se ha tomado dos descafeinados desde que está allí.

Alfredo Enrique no fuma. Si fumase, seguramente ya habría llenado el suelo de colillas. O el cenicero. Lo más natural habría sido pedirle uno al camarero.

A Alfredo Enrique no le gusta ver el suelo todo sucio, como a veces se ve en los cafés al finalizar el día. Cuando tiene amigos en casa para cenar o tomar una copa, Alfredo Enrique está vaciando continuamente los ceniceros.

Y no soporta que Mónica aparezca ante él despeinada o vestida con colores que no combinan.

—Para ir como tú quieres hay que tener dinero —dice ella.

Pero él afirma que hay cosas más importantes y que el dinero no da la felicidad.

—Sobre todo cuando se tiene mucho —murmura Mónica cuando él saca esa conversación.

—Si tengo mucho o poco, no lo sé. El dinero es

de mi padre, nunca lo he contado ni lo quiero —responde él irritado.

Acaban siempre enfadándose por culpa del dinero.

Del dinero que tienen los padres de Alfredo Enrique y que el padre de Mónica nunca tuvo.

Mónica nunca entendió por qué razón Alfredo Enrique no va a casa de sus padres, ni siquiera el día de Navidad.

—Viejos problemas —dice él cuando ella habla de eso.

Qué problemas y por qué; él no cuenta nada, ella no pregunta.

A Alfredo Enrique no le gusta mucho hablar de sí mismo. Pero quiere saber la historia de todos los minutos, de todos los segundos, de la vida de Mónica.

Alfredo Enrique quiere que Mónica haga todo lo que él manda.

A veces Mónica mira a Alfredo Enrique y no está del todo convencida de que él le guste mucho. La primera vez que se vieron, dentro del avión, ella estaba segura de haber encontrado el amor de su vida, como aquellas actrices de cine que salen en las revistas, cogidas de la mano de hombres bronceados y con el pelo lleno de fijador. «Para siempre», dicen ellas sonriendo a los fotógrafos.

Ellos normalmente sonríen también, pero no dicen nada.

Mónica tiene la certeza de que Alfredo Enrique nació para ser marido de una estrella de cine: es guapo, tiene ojos almendrados, piel morena, pelo impecable, no usa calcetines blancos ni a cuadros,

parece estar siempre listo para aparecer en un anun-
cio de publicidad de desodorantes, perfumes, coches
caros, mejores que los que él vende de nueve a siete
de la tarde.

Pero ¿será que eso le basta?

Doña Gilberta habría dicho inmediatamente que
sí. Que esas cosas del amor apasionado sólo apare-
cen en los libros, y que lo importante es tener con
qué pagar a fin de mes la cuenta del agua, del gas,
de la luz, del teléfono, y, si fuera posible, quedarse
aún con algo de dinero suelto en el bolsillo. Y, para
ello, no hay como un hombre metódico y sin vicios
a nuestro lado.

Doña Gilberta tenía un gran sentido práctico.

Doña Gilberta se había casado muy tarde, por-
que, según decía, era de las que no perdían tiempo
en baileteos ni en charlas necias, y hombres honra-
dos y cumplidores no existían en abundancia. Pero
un día, después de morir sus padres, decidió dar un
nuevo rumbo a su vida. Puso un anuncio y se casó
con el único que le respondió. Las habladurías fue-
ron muchas, pero hizo oídos sordos:

—Bien apañada estaría si prestase atención a los
cotilleos... —dice aún hoy cuando recuerda aquellos
tiempos.

No había sido francamente una boda romántica,
ni los novios estaban en edad de romanticismos.
Pero había sido lo que tenía que ser, y ambos vivie-
ron en paz hasta el día en que Onofre, de viaje de
negocios al continente, murió atropellado en una
calle de Lisboa cuyo nombre ella ya había olvidado.

«*Fue el destino*», escribió doña Gilberta al padre de Mónica.

Y no añadió nada más.

Mónica sólo conocía a Onofre por las fotografías. Pero a veces siente la necesidad de agradecerle no sabe muy bien qué. La verdad es que, si no hubiese sido por él, ella no habría ido hasta Madeira, no habría regresado de allí y conocido después a Alfredo Enrique.

Alfredo Enrique, que la espera en este café de barrio, donde jóvenes aún soñolientos se preparan para ir a clase y una vieja subraya pacientemente varias noticias del periódico.

Alfredo Enrique mira el reloj. En la muñeca izquierda, evidentemente. Si Mónica no aparece dentro de cinco minutos, pagará los descafeinados, se levantará de la mesa y saldrá de allí, que ya es la hora de ir a abrir el stand.

Tal vez le deje un mensaje. O tal vez no.

¿Qué recado? «¿Me cansé de esperar?» Hace mucho tiempo que ella lo sabe y el resultado siempre es el mismo.

Mónica nunca tiene hora.

Para nada.

Si fuese su jefe, le descontaría todos los minutos de retraso en el sueldo. Pero Tó Luces, el pobre, vivía en otro mundo.

Alfredo Enrique piensa que esta falta de puntualidad se debe a la costumbre que ella tiene de usar el reloj en la muñeca derecha. Estas cosas van unidas.

El reloj se usa en la muñeca izquierda.

La servilleta se coloca a la derecha del plato.

Se mira primero hacia el lado izquierdo cuando se cruza la calle.

Se abre la portezuela del lado derecho cuando se coge un taxi.

Se usa la alianza de bodas en el anular de la mano izquierda.

Son cosas establecidas. Reglas. Rituales. Y el mundo no puede sobrevivir sin ellos. Por lo menos el mundo en el que él fue criado.

Acaso, piensa, Mónica también querrá utilizar la alianza de bodas en la mano derecha. Como el reloj.

Si es que él se casa con Mónica.

Mi madre dice que conoció a mi padre en la cola de votantes para la primera Asamblea Constituyente.

—Yo tenía veinte años e iba a votar por primera vez en mi vida —cuenta ella muchas veces—. Estaba excitadísima, no dormí nada, tuve pesadillas, cerraba los ojos y me veía junto a la hendidura de la urna y sin el carné de identidad ni la tarjeta del censo electoral. A veces era mucho peor, soñaba que apenas llegaba mi turno de echar la papeleta dentro de la urna, se oía un gran ruido fuera, muchos tiros, mucho griterío, y, de repente, Salazar entraba y decía: «¡La fiesta se ha acabado, todos para Angola y deprisa!» Después, toda la gente comenzaba a cantar:«¡Angola! ¡Es nuestra! ¡Es nuestra! ¡Es nuestra!», y yo que quería echar mi voto en la urna, y la urna que se alejaba, se alejaba, y salía volando por la ventana, y yo buscaba a mi madre y a mi padre y a mi hermana y todos habían desaparecido. Me despertaba siempre en ese momento, completamente bañada en sudor. Y después ya no conseguía pegar ojo.

Confieso que me cuesta creer que un día de elecciones pueda ser tan excitante. Pero tal vez sea porque aún no voto. Y ahora, por otra parte, con tantas elecciones a propósito de todo y de nada, no hay excitación que resista. Sólo en mi colegio ya hemos votado este año más de tres veces para elegir al delegado de curso. La primera vez elegimos a Ramiro, el más presentable que había, y tenía a todas las chicas haciendo campaña por él. Estuve a punto de unirme a ellas, pero cuando vi la camiseta de propaganda, con la cara de él estampada a todo lo ancho, me pareció una tontería andar por ahí con un tío riendo sobre mi pecho y la frase «VOTA A RAMIRO / SUPONDRÁ UN GIRO» justo encima de mi ombligo. Lo cierto es que ganó por mayoría absoluta. Pero, después, vino el presidente del Consejo Directivo, muy enfadado, a comunicarnos que las elecciones se anulaban porque el día de la votación sólo habían aparecido tres alumnos (Luciana, Soraya, que está enamorada de Ramiro, y yo), además del candidato, lo que, para una clase de 38, era a todas luces insuficiente. Falta de quórum, dijo. Y que las elecciones nunca deberían haberse realizado así. Se veía claramente que había habido boicot. Y esto y lo de más allá. Listo. Todo volvió al principio.

Esa segunda vez, además de Ramiro, que no desistía y estaba furioso porque se hubiesen burlado tan descaradamente de él, se presentaron como candidatos Soraya (para hacerle una jugarreta a Ramiro), Sonia Cristina (para hacerle una jugarreta a Soraya), Sonia Patricia (para hacerles una jugarreta a

Soraya y a Sonia Cristina) y Jorge (porque el profesor de Física es tío suyo y lo obligó). Fernando Augusto, el pobre, también intentó imponer su candidatura, pero su programa incluía muchas reivindicaciones: colocación de cristales nuevos en el lugar de los rotos, limpieza de la sala, que de tan húmeda tiene incluso hongos brotando en los rincones, biblioteca abierta a la hora de la comida y durante los recreos para poder consultar los libros, y nadie estaba interesado en esas cosas. Por eso le sugirieron desistir en favor de Ramiro, que exigía un baile en el salón comedor el primer viernes de cada mes como reivindicación primera y más urgente.

Se procedió a votar, y esa vez ganó Jorge, también por mayoría absoluta. Pero hubo alguien que descubrió sus conversaciones con el profesor de Física, y se envió una solicitud con varias firmas al presidente del Consejo Directivo, con un discurso muy complicado escrito por Fernando Augusto, donde se hablaba de fraude electoral, de manipulación y de no sé qué más. Y de nuevo vino el presidente del Consejo Directivo diciendo, esta vez ya con poca paciencia, que éramos el curso más complicado del colegio, que por nuestra culpa el proceso electoral del colegio aún no había concluido, que ahora nos fijásemos muy bien en a quién le dábamos nuestros votos porque, si no, se acababa allí la broma; no quería saber nada de elecciones; no quería saber nada de democracia; nos quedábamos sin delegado de curso y se acababa la historia; en su época no existían estas mariconadas y no por eso los alumnos sabían menos.

Como el vaivén de las campañas electorales ya nos estaba cansando a todos, resolvimos por consenso elegir a Ramiro, sin más, y sin necesidad de andar con la camiseta puesta. Fue evidentemente una campaña aburrida, a no ser por Fernando Augusto, que nos calentaba la cabeza: que él debería ser el candidato, que él había escrito la solicitud, que él sabía de esas cosas, que él se interesaba por el grupo. Fue realmente difícil mantenerlo callado.

Y punto; ganó Ramiro. Pero el porcentaje de votos nulos fue tan grande, que él ahora está mosqueado y dice que no se esfuerza por un grupo que no cree en él. Resultado: estamos igual que antes, y ahora el presidente del Consejo Directivo ya no hace nada más; las elecciones han sido legales; a aguantarse; la democracia es así.

Por éstas y por otras razones, dice mi madre, se ha desacreditado tanto esta palabra.

Mi padre dice que conoció a mi madre a la salida de un concierto en la Fundación Gulbenkian, adonde había ido con la chica con la que entonces salía.

—A mí no me gustaba mucho la música clásica, pero ella insistía mucho; era un cuarteto, o un terceto, ya no recuerdo bien; sé que era de la Unión Soviética o de algún país del Este, y en ese momento, en los primeros años de la revolución, nadie faltaba a espectáculos como ése. ¡Mucho cosaco dando saltos vi yo desde un palco, Virgen Santa! ¡Y mucha balalaica oí! ¡Y sesiones de gimnasia! Éstas venían más de Rumania... ¡La chica esa y yo no faltábamos a ninguna! Y esa tarde del concierto de la Gulbenkian vuestra madre estaba justo delante de mí, no paraba de mover la cabeza y, como yo no conseguía ver nada, le pregunté, con mucha delicadeza, si podía decidir de qué lado quería quedarse, porque yo también tenía derecho a apreciar el espectáculo cómodamente.

En ese momento mi padre hace siempre una pausa, sonríe y murmura:

—¡Si supieseis el taco que me soltó!... Mi novia, pobre, se puso toda colorada, y yo no sabía dónde meterme...

Mi madre lo niega todo: en esos primeros tiempos de la revolución ella tenía que pensar en cosas más importantes que en los conciertos de la Gulbenkian, por muchos países del Este que allí acudiesen; y que a pesar de hablar como le da la real gana, ella nunca haría una escena de ésas en público. Además, se acuerda muy bien: fue en las elecciones para la Constituyente cuando lo vio por primera vez, hasta le había cedido su sitio en la cola, porque él estaba junto a una viejecita con bastón que llevaba muchísimo tiempo de pie y suspiraba continuamente:«¡En la época del doctor Salazar no pasaban estas cosas!»

—Claro, que le dejé pasar sólo para que ella no estuviese allí diciendo esas cosas, no fuese a haber por ahí cerca alguien exaltado y ocurriese alguna barbaridad —dice mi madre—. Entonces le dije a vuestro padre: «Disculpe, pero usted no debería dejar que su abuelita vaya por ahí diciendo esas cosas. Además está prohibido: ¡junto a los colegios electorales no se puede hacer propaganda política!»

En ese momento mi madre hace una pausa, respira hondo y murmura:

—¡Si vosotros supieseis el taco que él me soltó!... Que la abuelita era..., en fin, os lo podéis imaginar...

Se echa a reír y continúa:

—Parece que realmente la vieja no era nada de vuestro padre, estaba delante y él, por cortesía, al ver el bastón y lo avanzado de su edad, había decidido ayudarla dándole el brazo para que ella se apoyase. Pero no tenía por qué insultarme de esa manera... Yo tan feliz porque iba a votar por primera vez y él aguándome la fiesta. Vuestro padre nunca fue muy amigo de fiestas, también es verdad. Un carácter muy especial, muy especial. Tal vez sea por culpa de su trabajo. Los psiquiatras son todos así.

Mi madre siempre dice esto: «Los psiquiatras son todos así», pero nunca explica qué quiere decir «así».

Sonríe, se encoge de hombros:

—Así.

Pero es evidente que lo dice cuando está de buen humor. Cuando el día no ha sido bueno, cuando ha estado horas y horas corrigiendo pruebas, si esa historia de mi padre viene a cuento, vocifera diciendo que él tiene un carácter de mil demonios, y que no envidia la suerte de tía Fátima teniendo que soportarlo ahora, más viejo y con muchas más manías.

Mi padre nunca diría una cosa así de mi madre. Ni de nadie. Mi padre está siempre muy sereno («¡y eso es lo que irrita, caramba!», dice mi madre), nunca levanta la voz, lleva el nudo de la corbata siempre muy bien hecho, el pelo impecable, la raya de los pantalones perfecta. Sobre todo desde que se casó con tía Fátima y comparte la consulta del suegro, donde, según dice el abuelo Bernardo, que nunca le tuvo demasiada simpatía, «sólo va gente de alto copete».

—¿Y eso qué tiene que ver? Esa gente de alto copete, como dices tú, ¿es que no necesita que la traten? —responde en seguida la abuela Tita cuando lo oye, mirando el anillo de plata que lleva siempre en el dedo meñique.

Yo, si tuviese una revista de modas, pondría siempre a mi padre en portada, con esos trajes tan elegantes, haciendo publicidad de perfumes caros o de whisky añejo escocés. Lo tiene todo para triunfar, incluidos unos pocos pelos grises que le dan un enorme atractivo, según afirma Luciana, experta en estas cosas.

Mi padre y mi madre se llevan ahora muy bien.

—Son muy civilizados —dice tía Benedicta.

—Cosas modernas... —protesta el abuelo Bernardo—. En mi época, cuando ocurría algo así, las personas se morían de vergüenza y no volvían a hablarse. Cada uno hacía su vida y se cerraba el caso. Las personas tenían principios.

—Y no sólo —concluye siempre la abuela Tita.

Por eso, aún hoy, el abuelo Bernardo tiene cierta dificultad para hablar con mi padre si por casualidad se lo encuentra en casa o le toca a él atenderlo al teléfono.

Yo también me acuerdo de los primeros días que siguieron a la separación, y sé que no fueron fáciles. Tan extraño era que él estuviese junto a nosotros y que de repente no estuviese; tan extraño era que él y mamá repartiesen las cosas: este disco es tuyo; este libro es mío, me lo regalaste el día de mi cumpleaños; aquel cuadro es mío; no lo es, pero puedes llevártelo; para qué quiero yo esa porquería, y, si quieres, llévate la casa entera, que no me enfado; lo estás poniendo difícil, Luisa; vaya, qué bonito, el señor hizo lo que hizo y todavía supone que tengo que ponerle fáciles las cosas; Luisa, que están los niños.

Después de que él se fuera, mi madre tuvo una charla conmigo y con Antonio, una de ésas que seguramente están en todos los libros de psicología y en todas las revistas para ser utilizadas en momentos semejantes. La vieja charla de «él-es-vuestro-padre-y-os-quiere-mucho-y-vosotros-tenéis-que-seguir-queriéndolo-mucho», cuando sabíamos que, en el fondo, estaba llamándolo bandido, traidor, hijo de tal y de cual; que mi madre siempre ha tenido la lengua muy bien afilada, aun antes de haber escrito y publicado un artículo sobre el «Lenguaje popular en Gil Vicente».

Claro, que la abuela Tita, cuando lo supo, lo mejor que encontró para consolar a mi madre, que tenía los ojos enrojecidos de llorar varias noches seguidas, fue decirle:

—La culpa ha sido tuya.

Para la abuela Tita, las mujeres son siempre las culpables de todo. Aun antes de conocer los detalles, ya sabe que no hay otro culpable posible.

Por estos y otros motivos, Antonio dice siempre que las mujeres son malas como las serpientes y que él morirá soltero.

Y eso es muy difícil que ocurra: bien veo yo las miraditas que Renata le lanza.

Por no hablar de Luciana, evidentemente.

Y esto a pesar del grano en el mentón.

—*Un día de éstos me voy de casa y me compro un billete al lugar más lejano que haya* —*dice Mónica.*

Está en este momento lavándole la cabeza a la señorita Xana, que va allí dos veces por semana porque aparece muchas veces en la televisión y tiene que estar siempre bien arreglada.

—*Estás loca* —*se ríe Kitty, justo a su lado, lavándole la cabeza a la señora Ribeiro.*

En la peluquería se era «señorita» hasta el día de la boda. De ahí en adelante se pasaba a ser «señora». Era una especie de promoción. De las clientas, evidentemente. Ella, aun después de casarse con Alfredo Enrique, seguirá siendo Mónica. Y Kitty será siempre Kitty, aunque ya sea madre de dos hijos. Por otra parte, Kitty no se llama Kitty. Kitty se llama María Concepción, pero Tó Luces, que es el dueño del local, la obligó a cambiar de nombre.

—*Éste es un lugar al que viene gente muy fina, gente que incluso aparece en la televisión y en las revistas; nadie querría que la peinase una persona llamada María Concepción.*

Kitty no sabía qué había de malo en llamarse María Concepción, pero Tó Luces no la dejó protestar:

—A partir de ahora te llamarás Kitty, que era el nombre de la chica que estaba aquí antes de que tú llegases. Kitty es un nombre aceptable. Corto, fácil de decir, parece extranjero. A las clientas les gustará.

Y lo que importaba era que a las clientas les gustase. En la peluquería, cada clienta elegía a quien quería que le arreglase el pelo. Las señoritas o las señoras entraban y preguntaban a la recepcionista (que se llamaba Marta y había podido conservar su nombre porque era «un nombre de moda», en opinión de Tó Luces):

—¿Kitty está libre?

O Mónica. O Maite (María Teresa en el carné de identidad). O Marly (María Dolores su nombre verdadero). O Rosarillo. Después, cuando los rizos estaban todos listos, con los mechones rubios que destacaban sobre el cabello oscuro (arte en la que el propio Tó Luces era eximio, después de varias estancias en el extranjero, según demostraban los muchos diplomas que forraban las paredes del salón), las señoritas y las señoras nunca se olvidaban de dejar una buena propina para quien las trataba de modo eficaz. Y se volvían, casi siempre, clientas fijas de cada una.

Mónica no había tenido dificultades para conservar su nombre.

—¿Mónica? ¿Es ése tu nombre de verdad? ¡Ay, mona, qué inspirados estuvieron tus padres cuando te bautizaron! ¡Mónica es incluso un nombre de personaje de novela o de serial de la tele! ¡Será un «ex» en esta casa!

—¿Será qué? —le había preguntado Mónica a la recepcionista.

Tó Luces ya había dado media vuelta y atendía en ese momento a una joven de pelo suelto que señalaba una revista y decía que quería quedar igualita que la princesa Diana.

—Un «ex» —había explicado la muchacha, sin quitar los ojos del ordenador, donde hacía la cuenta de todo lo que una señora, ya dispuesta a irse, debía pagar.

—¿Qué es eso?

La muchacha había retirado por un momento los ojos del ordenador para mirar a Mónica.

—Un «ex». ¿No sabes lo qué es ser un «ex»?

Mónica sacudió la cabeza. La señora, enfadada, intervino:

—¿Y mi cuenta?

—Ya, señora, ya... Veamos... Lavado... ¿La señora se ha puesto algún producto especial? ¿No?... Pues entonces... lavado... corte... brushing...

Sólo después de unos minutos, Mónica consiguió enterarse de que un «ex» era la manera que tenía Tó Luces de expresar que algo le gustaba mucho.

—Lo que él quiere decir es que será un éxito. Pero como la palabra es muy larga, y en esta casa la regla es hacerlo todo a cien por hora y no perder un momento, se abrevia «éxito» en «ex». Pues eso —la muchacha se rió y añadió—: Siempre estamos aprendiendo, como dice mi padre.

Ese día, Mónica también aprendió que los nombres eran algo complicado en el salón y que, además de ella y Marta, sólo Rosarillo había podido conservar el suyo.

—Tó Luces —le explicó Marta— tiene dos pasiones en su vida: Claudia Schiffer y su madre.

—¿La madre de Claudia Schiffer? ¿Cómo es eso?

—¡No, tonta! La madre de él. Una viejecita encantadora, por cierto, que a veces aparece por aquí y se llama Rosario. Las que se llaman Rosario o Claudia, ¡listo!, pueden estar tranquilas: ¡sus nombres son sagrados!

Mónica recuerda que ese día pensó que había caído en una casa de locos y que seguramente no aguantaría allí mucho tiempo. La verdad es que ya han pasado tres años y ella sigue allí, entre los rulos y las permanentes y el brushing, *y el olor a perfumes y a laca y a champú y a suavizantes y a pelos levemente quemados por los tintes y por el secador.*

De vez en cuando tiene muchas ganas de salir de allí y escapar. Pero escaparse en serio, y no como cuando era niña y siempre acababa volviendo. Irse lejos. Muy lejos. A la isla de Pascua, la isla más isla del mundo, como recuerda haber leído en uno de los números de A la deriva. O a la Antártida, rodeada de hielo, pingüinos, orcas y albatros.

De lo que no está segura es de si le gustaría tener a Alfredo Enrique a su lado.

Alfredo Enrique, que esa mañana no la había esperado en el café.

Pero volvamos a los silbidos de mi madre.

La primera vez que la oí, y para colmo parecía no preocuparse por la suerte de Mónica y de Alfredo Enrique, yo esperaba que por la tarde, al regresar, el asunto ya se habría resuelto. Pero cuando volvió a casa parecía silbar aún con más vigor. Abrió la puerta del frigorífico (llena de imanes y de dietas infalibles para adelgazar cinco kilos en una semana, que recorta de las revistas y pone allí «para no ceder a las tentaciones») y de repente me miró e inició un discurso completamente absurdo: «Por culpa de los huevos, sabes, hay que tener mucho cuidado con estos dulces que llevan muchos huevos, porque un huevo estropeado es un peligro, por lo de la salmonelosis, algo terrible; incluso leí el otro día en el periódico que lo peor son después los efectos secundarios, porque...»

Si el teléfono no hubiese sonado, mi madre aún seguiría ahora frente al frigorífico disertando sobre los efectos secundarios de la salmonelosis.

Mi madre vive con el pavor de engordar.

Un trauma, digo yo.

No «infantil», sino del día en que descubrió que la tía Fátima era modelo y hasta salía de vez en cuando en las revistas que ella compraba. Pero en las revistas ella aparecía con el nombre de Fa, y, cuando mi padre anunció la boda, la llamó María Fátima, así que mi madre no sospechó nada. Mucho más tarde, se enteró de que la Fa que tanto admiraba, vestida siempre según las últimas tendencias Otoño-Invierno o Primavera-Verano, era la mujer de mi padre. Desde ese momento, mi madre se obsesionó con las dietas hipocalóricas, y, cuando ve algún alimento, no piensa nunca si le sabrá bien o no, si le apetece o no, sino cuántas calorías tendrá por cada cien gramos. Aun antes de conocer a Tiotonio ya era así y, por muchos milagros que haga la medicina, así ha de continuar. Da igual que la tía Fátima ya no sea modelo («la edad no perdona...», dice mi madre en actitud vengativa) y que, aunque ella no lo admita, ya se comiencen a vislumbrar amagos de celulitis en sus piernas.

Por todo esto me quedé pasmada al ver las yemas de huevo.

—Una mema mirando yemas —diría Antonio si me viese.

A Antonio se le ha metido en la cabeza que va a ser el sucesor de Herman José, el de la sección de pasatiempos, y por eso anda siempre descubriendo juegos de palabras, aliteraciones, sobreentendidos, retruécanos y otras habilidades afines.

Mi madre continuaba por teléfono una conversación interminable, mezclada con muchas risas y con «¡no me digas!» y «¡vaya idea!».

Mi madre odia hablar por teléfono.

Mi madre odia las calorías que tienen las yemas.

Algo muy extraño estaba ocurriendo.

Extraño, pero no grave: no me había llamado María de la Gloria, ni había convocado en casa a toda la familia, que es lo que siempre hace cuando algo va mal. Cuando mi padre se fue, tuvimos que aguantar a Fabio, a Marco, a tío Anselmo y a tía Benedicta en casa durante dos semanas. El pobre Antonio estaba furioso, teniendo que compartir la habitación con los chicos y sus inseparables videojuegos. A mí tampoco se me puso fácil la vida, durmiendo con mi madre (que lloraba día y noche) para que los tíos pudiesen ocupar su habitación. Pero ella es así: sólo apacigua sus penas en medio de mucha gente que le hable, diciéndole muchas veces que no tuvo la culpa de nada, que es una excelente persona, profesional competente, buena madre, simpática, guapa. Y delgada, claro.

Esta vez no había ocurrido nada de eso, por lo que no me inquieté demasiado.

Cuando llegó Antonio, le conté lo que había pasado: las yemas en el frigorífico, la conversación interminable, el discurso sobre la salmonelosis, y sobre todo el silbido, el silbido que había invadido toda la casa.

—Algo está ocurriendo —dije yo—. Incluso me parece haberla oído decir «¡chao-chao!» cuando se fue a la escuela.

A mi hermano se le desorbitaron los ojos:

—«¿Chao-chao?»

Además del teléfono y de las calorías de las yemas, mi madre también odia las palabras y frases huecas del tipo «chao-chao», «¡qué barbaridad!», «¿qué tal, bonita?», cosas así.

Antonio se puso muy serio, dio dos vueltas a mi habitación con las manos cruzadas en la espalda y concluyó:

— No cabe duda: nuestra madre está enamorada.

No lo creí, evidentemente.

Las madres nunca se enamoran. O sólo se enamoran de nuestros padres, lo que viene a ser lo mismo. Antonio estaba pasmado. Quiero decir: más pasmado que de costumbre.

—Puedes creerlo —repetía él sin dejar de dar vueltas a mi habitación—. Tiene todos los síntomas.

—¿Qué síntomas?

—Pues todos.

—Pero ¿cuáles?

Antonio no tiene gran capacidad didáctica: es así, es así, ¿para qué explicar nada? Se encogió de hombros:

—Todos... Cómo te diría... Está contenta...

—¡Yo también estoy contenta y no quiere decir que esté enamorada!

—¡San Antonio, qué burras pueden llegar a ser las mujeres! —gritó, y salió de mi habitación dando un portazo, algo que me pone de los nervios y él lo sabe. Pero, cuando pierde la paciencia, mi hermano la toma con las puertas de la casa, mientras invoca desesperadamente al santo que le ha dado el nombre.

Cuando salió me quedé pensando en lo que había dicho.

La verdad es que yo sólo conocía a personas enamoradas por los libros, por el cine y por las telenovelas. Y en ellos todo es siempre muy diferente. Además, en los libros —por lo menos en los que yo ya he leído, que, según la profesora de portugués, son muy pocos—, nunca he encontrado padres o madres con sus respectivas novias y novios. Allí todo se da dentro de la mayor moralidad y, por supuesto, del mayor respeto, y el matrimonio tiene que ser para siempre, aunque haya broncas de medianoche todos los días. A veces aparecen unos viudos, que acaban casándose con el ama de llaves, muy raramente algún que otro divorciado, pero ése, ya se sabe, se quedará solo el resto de su vida: es el precio que ha de pagarse por la libertad.

De las telenovelas es mejor no fiarse, porque todo se hace según la audiencia: ¿al público no le cayó bien el actor que hace de galán? Pues meten al pobre a cien por hora en una carretera llena de curvas y en medio de una tormenta; y en el capítulo siguiente ya es difunto, y la viuda, bañada en lágrimas, tropieza en la calle con un transeúnte que la mira como si no hubiese visto nunca una mujer en su vida: y ya sabemos que ha llegado el sustituto. Pero si, por cualquier razón, el público decide que finalmente éste aún es más desastroso que el anterior, quien, al fin y al cabo, mirándolo bien, no era tan malo como parecía, y la audiencia amenaza con bajar vertiginosamente, todo se remedia y, en el episodio siguiente, nos enteramos de que el muerto no había quedado muerto del todo: había conseguido huir a Paraguay, donde se hizo la cirugía, y ahí lo vemos reaparecer en todo su esplendor, tropezar con ella en la calle, mirarla como si nunca hubiese visto a una mujer, y la audiencia que sube y sube otra vez. Si eso es amor, apaga y vámonos. Y si a esto añadimos que, entre unas escenas y otras, para colmo aparece una mujer desnuda que alaba las virtudes de una crema contra la celulitis, o un mayordomo que limpia bandejas con un algodón que no engaña, todo se pone peor.

En el cine, a veces las historias son diferentes y la gente puede llegar incluso a creérselas. Mi madre, en estos casos, se las cree siempre, sobre todo cuando son de amores que acaban mal y cada uno se va por su lado y la música de fondo mete muchos violines y arpas. Sí, porque estas cosas tienen mucho que ver con la música de fondo. Ya me gustaría ver a mí un amor capaz de resistir una música de fondo con triángulos y bombo, con esas voces que se desgañitan cantando «tengo un amor en Viana y, ¡ay!,/tengo otro en el puente de Lima». Hasta mi madre se echaría a reír, ella que en el cine me hace pasar vergüenza, porque, en cuanto el romance de los protagonistas comienza a torcerse, empieza a sorber y sorber, y yo «¡Oh, mamá, estáte tranquila!», y ella «¡No seas tonta, Gloria! ¿No ves que es mi fiebre del heno?»; pero bien que la veo yo buscar el pañuelo dentro del bolso. Y como sus bolsos son sitios infernales donde todo cabe y nada se encuentra, después de sacar los chicles sin azúcar, el envase de la sacarina, los bolígrafos, la agenda, la cartera con las fotos de toda la familia, las llaves de casa, las llaves del coche, la libreta de notas, el carné de identidad, el permiso de conducir, la tarjeta del cajero automático, dos tarjetas de teléfonos, la tarjeta de la seguridad social, la tarjeta de lectora de la Biblioteca Nacional, el talonario de cheques, el cuaderno de flores con los teléfonos y domicilios de toda la gente que conoce, saca finalmente el monedero, que siempre se abre, y entonces protesta porque todas las monedas se desparraman por el suelo, y ahí tenemos que andar a gatas recogiéndolas. Si fuese una telenovela sería el momento ideal para que apareciese el-que-tropieza-siempre-con-la-heroína, pero, en la vida real, lo que ocurre es que todo el mundo comienza a chillar «¡Silencio!», «¡Chissss!», «¡Queremos ver la película!», «¡Hemos pagado la entrada!», «Váyanse a hablar a...». Y no digo a dónde nos mandan normalmente a conversar porque, a pesar de considerarme una joven de ideas modernas, la libertad de expresión tiene límites. Después de todo esto, mi madre acaba diciendo que no ha traído el pañuelo, y se pasa todo el tiempo sorbiendo, sorbiendo, hasta que, al borde de la desesperación, arranca una hojita de la agenda y, como quien no quiere la cosa, se la pasa continuamente por la nariz, que, al terminar la película, está más roja y brillante que el suelo de baldosas de la cocina de tía Benedicta en día de limpieza general.

—Esta fiebre del heno acabará conmigo —dice entonces, muy alto, para que las personas no piensen que es de esas tontas que se creen todo lo que ven en el cine.

Claro que en ocasiones esto no resulta, sobre todo porque mi madre no es muy observadora, además de ser miope hasta decir basta, cosa que, evidentemente, ella no admite.

—¡A mí me parece que es más bien por el tinto! —chilló un pasmarote en una de esas ocasiones—. ¡O mucho me equivoco, o tienes una cogorza, hija mía, que no te sostienes!

Mi madre quiso responderle literalmente (que a ella no le gusta que la hagan callar, y hasta ha publicado en *JL* un artículo sobre el lenguaje popular en Gil Vicente, y era muy capaz de pelearse con cualquiera de igual a igual, e incluso tal vez hasta salir ganando). Pero me pareció mejor empujarla hacia la salida, haciéndole ver que estábamos rodeadas de los muchos gamberros que a esa hora llenaban el centro comercial. Con gente como ésa no se bromea. Pero mi madre, cegata como es, debía de pensar que estaba asistiendo a alguna sesión de las seis en el antiguo Edén, rodeada de señoras con abrigos de piel y plumas en la cabeza, como entonces mandaban los figurines.

Pero en el antiguo Edén o en el minúsculo cine del centro comercial, los amores en la pantalla eran los mismos. En la oscuridad a la gente le resulta más fácil creer y sufrir. Nadie sufre viendo un vídeo.

—Para ahí, que voy al cuarto de baño.

Y entonces se pulsa el botón del mando y, de repente, el galán se queda inmóvil, boquiabierto frente a la puerta, y la heroína, también con la boca abierta, se queda con los brazos levantados, y están así un montón de tiempo, inmóviles, inmóviles; y cuando volvemos del cuarto de baño y vemos a esos dos, sentimos unas ganas locas de reírnos y, aunque ellos declamen un parlamento magistral, cuando volvemos a pulsar el botón del mando se hace muy difícil creer en sus palabras y todo se transforma en una birria de primera. Por eso a mí no me gusta ver vídeos. O si no, prohíbo que me interrumpan y me preparo igual que si fuese al cine. Pero, aún así, me falta la oscuridad, porque, si estoy viendo un vídeo a oscuras, sé que mi madre empieza, esté donde esté, a encender todas las lámparas, vociferando contra mi estupidez, pues no hay nada peor para los ojos que estar viendo la televisión a oscuras.

Resumiendo: yo nunca había visto, en vivo, a una persona enamorada.

A no ser Luciana, claro. Pero Luciana se enamora todas las semanas de una persona diferente, y todas las semanas muere de amor, y todas las semanas resucita. No nos podemos fiar de ella.

Pero, a partir de esa fecha, mi experiencia aumentó mucho. Hoy, confieso, sé mucho más de amores que Mónica o Alfredo Enrique, aunque mi madre nunca tome demasiado en cuenta mis opiniones sobre ellos. Primero, el nombre de él. Fue una lucha.

—Juan —decía Antonio.

—Piensa un poco —protestaba mi madre—. Juan no es nada..., no tiene cuerpo, no tiene alma, no tiene...

—Sólo en la Historia tenemos seis —insistió mi hermano, para ver si los fervores históricos de mi madre se encendían.

Pero ella no acababa de convencerse:

—Esto no es Historia. Esto es *Interludio*. Conviene no olvidarlo.

Se metía los dedos en el pelo y murmuraba:

—Tiene que ser un nombre así..., así..., de héroe latinoamericano, ¿entendéis? Con mucha brillantina en el pelo...

Como ni mi hermano ni yo sabíamos qué era eso

de un nombre con mucha brillantina en el pelo («¿los nombres tienen pelo?», preguntó Antonio en medio de muchas risas y con gran enfado de mi madre), desistimos de prestar nuestra colaboración. Cuando ella anunció, con la voz henchida de orgullo, que Alfredo Enrique era la combinación ideal, nos quedamos sin habla. Pero ella dijo que nosotros no entendíamos nada y la conversación se acabó.

Más o menos por esa época comenzaron los silbidos.

Después, una noche, telefoneó avisando que llegaría tarde.

Cuando llegó, estábamos nosotros ordenando las bandejas de la cena; venía acompañada de un señor de aspecto respetable, calvo y con perilla color castaño, lo que llevó a mi hermano a murmurarme al oído que bien podía cortársela para ponérsela encima, a lo que respondí con un valiente puntapié. En tales casos, es el discurso más elocuente.

—Éste es Tiotonio —dijo mi madre señalándolo.

—¿Tío qué? —se asombró Antonio.

El señor sonrió, con actitud condescendiente.

—No, no soy tío de nadie. Tiotonio. Mi nombre es Tiotonio. Tiotonio todo junto.

Nos quedamos mirándonos unos a otros, sin saber qué decir. Hasta que mi madre, de repente, exclamó:

—¡Voy a hacer café!

El señor hizo ademán de negarse, que no fuese, que ya era tarde, que a él ni siquiera...

Pero mi madre no lo dejó acabar de hablar:

—Los chicos se quedan haciéndote compañía, no tardaré nada.

Y ahí nos quedamos, haciéndole compañía.

—Así que tú eres Antonio —dijo el señor, después de angustiosos momentos de silencio.

Mi hermano asintió con la cabeza.

—Y tú María de la Gloria.

—Como la reina —dije yo.

—¿Qué reina? —preguntó el señor, con cara de estar tan interesado en mi respuesta como en la agricultura de Polinesia.

—Que yo sepa sólo hubo una María de la Gloria, que es uno de los personajes femeninos más dramáticos de la historia de Portugal —dije yo.

—¡Ah! —dijo él.

Por lo visto mi madre aún no lo había puesto al corriente de la gran pasión de su vida. Tal vez aún no había tenido tiempo.

Él sonrió, nosotros sonreímos y, una vez más, la charla murió allí. Realmente él no parecía nada interesado en reinas o en personajes dramáticos de la historia de Portugal, o a lo mejor, el pobre, para dramas ya tenía bastante con su vida, como dice siempre la abuela Tita. O quizá fuese uno de esos republicanos empedernidos que se llenan de urticaria cuando oyen hablar de monarquía. Como el abuelo Bernardo, al que, por ejemplo, se le llenó toda la cara de manchas, igual que me pasa a mí cuando como fresas, en el momento en que descubrió a mi padre, muy elegante, del brazo de la tía Fátima, en la boda de don Duarte Pío.

—¡Tita, fíjate bien allí, allí, detrás de ésa que parece un repollo, y dime si no es Miguel! ¡Es Miguel! Claro que es Miguel y la... cómo se llama...

(La tía Fátima, para el abuelo Bernardo, es siempre «la... cómo se llama»).

La abuela Tita miró mejor hacia la pantalla de la televisión; la primera vez comenzó diciendo que él no estaba bien de la vista, que debía cambiar cuanto antes de gafas; la segunda, farfulló que era muy parecido; la tercera vez, se le desorbitaron los ojos y tuvo que admitir que no había duda posible: era mi padre, allí, entre toda aquella realeza, con asiento en los Jerónimos y todo.

—Si la estúpida de tu hija no tuviese el carácter que tiene, bien podría ser ella ahora la que estuviese allí con él...

—Haciendo el ridículo, no te quepa la menor duda —farfulló el abuelo Bernardo, republicano por los cuatro costados, y que se había pasado la semana entera protestando por el dineral que esa boda le iba a costar a cada contribuyente.

Mi abuela fue a buscar polvos de talco para la cara, para ver si la urticaria se le iba, y ya no dijo nada, limitándose a suspirar un montón de veces mientras veía desfilar, en la pantalla de la televisión, a todos los reyes y las reinas destronados. La abuela Tita tiene ciertas veleidades de sangre azul, y jura que su familia tiene derecho a blasón de nobleza.

—Mi bisabuela era baronesa —asegura.

—Baronesa de pacotilla —farfulla el abuelo Bernardo.

Tal vez Tiotonio fuese un republicano como mi abuelo. O a lo mejor es como el tío Anselmo, que es de los que creen que, porque ahora pertenecemos todos a Europa, tenemos que ser muy amigos unos de otros y olvidar esas épocas pasadas en las que andábamos a palos con franceses, ingleses, españoles, moros y tantos otros. Si fuese por el tío Anselmo, ya se habría acabado con la festividad del 1 de diciembre, ya habría desaparecido la batalla de Aljubarrota de los libros de Historia, y hace mucho que el Museo de la Guerra Peninsular del Buçaco se habría transformado en una residencia para la tercera edad.

Mientras tanto, llegó mi madre con la bandeja del café. Nos sonreímos unos a otros y nos quedamos así hasta que mi hermano tuvo la magnífica idea de preguntar si podía encender la televisión, porque era la hora de las noticias.

A mi madre le encantan los informativos. Puede perderse cualquier cosa menos las noticias.

—¿No te importa, Tiotonio? —preguntó ella, pero antes de que el pobre pudiese decir algo ya tenía el mando en la mano y pasaba de canal en canal en busca del boletín informativo.

Tiotonio continuaba sonriendo, mientras el café en la taza se enfriaba a una velocidad vertiginosa. Al cabo de media hora de asaltos, bombas, descarrilamientos, terremotos, inundaciones, sequías, quiebras, huelgas, secuestros, inauguraciones, y treinta y dos apariciones del primer ministro, mi madre apagó el aparato, se recostó en el sofá y murmuró, sonriente:

—Nada nuevo.

—Nada nuevo —repitió Tiotonio.

Entonces, ella reparó en la taza de él, y en su café seguramente ya helado.

—¿Y el café? ¿Te has olvidado de tomarlo?

Si Mónica hubiese hecho esa pregunta a Alfredo Enrique, él habría dicho, con gran naturalidad:

—Me quedé mirándote.

O:

—Tu belleza hace olvidarlo todo.

U otra bobada por el estilo.

Tiotonio sólo respondió:

—Me olvidé de decirte que no bebo café. Por culpa de los nervios, ¿sabes? Disculpa.

—¡Entonces voy a hacerte un descafeinado, no tardaré nada! —dijo mi madre.

—Déjalo, no vale la pena. Además, ya se está haciendo tarde.

Se levantó del sofá, con cierta dificultad, pues nuestros sofás son un poco bajos, lo que hace al abuelo Bernardo protestar un montón cuando viene, porque siempre necesita ayuda para levantarse. Éste, que todavía no necesitaba ayuda, se puso en marcha a toda prisa.

—Ha sido una noche muy agradable —nos dijo a manera de despedida.

No me parecía que una velada compuesta de cuatro telediarios y un café sin beber fuese algo muy agradable, pero las personas tienen a veces extrañas preferencias.

Nos besó y se fue.

Antonio me miró, yo miré a Antonio, y ambos miramos a nuestra madre, con la taza llena de café frío en la mano.

—Vaya... Podría haberme dicho en su momento que no quería café... —decía entre dientes.

Sé muy bien que esto puede sonar a frase trivial, sin poesía alguna, sin gota de romanticismo, pero fue esa noche cuando mi madre se enamoró de Tio-tonio, Tiotonio-todo-junto.

Alfredo Enrique quiere que Mónica haga estudios superiores.

A Alfredo Enrique no le gusta que Mónica se pase ocho horas en el Salón Rosario.

—Es una profesión sin futuro —dice.

—Pero con presente —responde Mónica—, y eso no está nada mal en los tiempos que corren.

De vez en cuando se impone el lado práctico de la vida, como había aprendido con doña Gilberta.

—Tenemos que pensar más allá del momento que estamos viviendo —dice Alfredo Enrique—. Ser un poco ambiciosos, soñar con vidas diferentes.

—Yo sueño —responde Mónica en voz muy baja—. Sueño con una vida tan diferente que ni siquiera sé si existe. Ir por ahí sin rumbo, a la buena ventura, vivir hoy en un lugar, mañana en otro, dormir a la intemperie, caminar por desiertos y volcanes, por playas y praderas.

—Eso no es un sueño —concluye Alfredo Enrique—. Cuando hablo de sueño hablo de querer ascender en la vida. Podrías matricularte en una es-

cuela nocturna, hacer el último año y entrar después en Economía o Administración, así siempre tendrías el futuro asegurado.

—El desempleo asegurado, querrás decir —bromeaba Mónica.

Pero a Alfredo Enrique no le gustaba bromear con cosas serias y cambiaba de tema. Era imposible hablar con Mónica de cosas importantes.

A veces, Mónica lo miraba y se acordaba del día en que lo conoció; venía ella de Madeira, donde había estado durante un año haciendo compañía a doña Gilberta, que se había quedado viuda y medio enferma. Él había ido en viaje de fin de curso con los compañeros del Instituto de Contabilidad y Administración de Lisboa. Se encontraron todos en el avión de regreso a la capital.

—¿Estáis seguros de que no se caerá este cascajo? —había preguntado Alfredo Enrique, en medio de las carcajadas de los compañeros.

Mónica iba sentada en el lado opuesto y comenzó a reírse.

—¡Querría veros aterrizando en Santa Catarina en medio de una tormenta en la que caían chuzos de punta, como yo aterricé el año pasado! ¡Llegué a temblar, pensando que el avión caería en el océano, que la pista era demasiado pequeña y el comandante no conseguiría frenar!

El diálogo había comenzado entonces y había continuado hasta hoy.

Cuando Mónica recuerda ese día, Alfredo Enrique le dice que está totalmente equivocada. Para

empezar, no figuran en sus hábitos lingüísticos pala-
bras como «cascajo». Y, además, tiene la certeza ab-
soluta —las certezas de Alfredo Enrique son siem-
pre absolutas— de que sólo llegaron a hablar en
Portela, cuando, frente a la cinta de los equipajes,
ella había echado mano a su maleta.

—Disculpe, pero esa maleta es mía —había di-
cho él.

Ella había pedido mil prolongadas disculpas: que
era parecidísima a la suya, ¡qué vergüenza!, y que
eso le había ocurrido porque llegaba muy cansada y
le hacían falta un buen baño y algunas horas de
sueño.

—Fue así, y no de otra manera —asegura Alfre-
do Enrique.

—Debe de haber sido así —dice Mónica para no
contradecirlo.

Pero sabe que es ella quien tiene razón. Todo ocu-
rrió tal y como ella lo recuerda: él queriendo mostrar-
se como un perfecto conocedor de la isla después de
aquellos días de visita, preguntándole muchas veces:
«¿Conoces Calheta? ¿Y las casas de Santana? ¿Y
aquella casa de té del Faial? ¡Palabra! ¡De repente
creí que el avión se había equivocado y nos había de-
jado en las Azores! ¡Podía suponer que había un Faial
en Madeira! ¿Y Câmara de Lobos? ¿Y toda aquella
gente trabajando en los mimbres de Camacha? ¿Y los
hombres por las corrientes llevando la caña de azúcar
a cuestas? ¿Y el vino? ¡Qué maravilla! ¡Trajimos de
allí unas botellitas de vino verde y de malvasía y no sé
si llegarán llenas a casa! ¡Ja! ¡Ja! ¡Ja!»

Él hablaba, hablaba y ella sonreía y se limitaba a responder con movimientos de cabeza; la verdad era que él no estaba muy interesado en la conversación de ella, ni estaba esperando respuesta; sólo quería oírse a sí mismo, mostrar que había visto todo lo supuestamente digno de verse en un lugar como aquél. Así, no se dio cuenta de que ella no conocía nada de nada, siempre metida en casa de doña Gilberta haciéndole compañía, como le ordenara su padre, «que esa bruja está llena de dinero y no tiene más parientes que nosotros». Doña Gilberta no salía de casa desde la muerte de Onofre. Ella, a quien nunca le había importado el qué dirán en el tiempo de su juventud, se había transformado en la más recatada de las viudas.

—Lo que hace falta es decencia, que cada vez hay menos —decía, mirando a través del cristal de las ventanas a las muchachas que pasaban.

A veces, cuando llegaba el domingo, Mónica salía despacito de casa, cruzaba la 31 de Janeiro, pasaba la avenida Zarzo e iba a ver a los turistas a la Manuel de Arriaga. Pero el mal humor de doña Gilberta, cuando volvía a casa, acabó haciéndola desistir del paseo.

Mónica nunca supo lo que estaba escrito en la carta que su padre le diera en mano al dejarla en los «vuelos nacionales» del aeropuerto.

—Entrégasela a la vieja cuando llegues —había sido la única recomendación.

Doña Gilberta había fruncido el ceño y había refunfuñado:

—Las cartas nunca se entregan cerradas.

—Mi padre me la entregó así —se había defendido Mónica.

No diría allí cosas importantes seguramente. Nunca doña Gilberta habló de ello y Mónica nunca hizo preguntas.

Hoy está segura de que la idea del padre era que consiguiese un novio por allí y no volviese nunca más. Y eso porque, el día en que ella le anunció a doña Gilberta que le estaba muy agradecida, que había sido un buen año, pero que ya era hora de volver a casa, conseguir trabajo, dar un rumbo a su vida, la prima, asombrada, sólo murmuró:

— Tú sabrás... Pero tu padre se va a llevar una gran sorpresa.

Finalmente, la sorpresa había sido la suya: al llegar a Lisboa, descubrió que su padre se había casado con la vecina de la cuarta planta, había dejado la casa, con gran alegría del propietario, y se había ido a vivir al pueblo.

No era ésta mi idea del amor, pero qué se le va a hacer.

Se comprende que mi madre se enamorase de mi padre: alto, esbelto, de ojos verdes, que, según afirma Luciana, siempre embellecen la cara de una persona, perfumado con colonias de marca. Todavía no entiendo por qué se metió a médico si está claro que nació para modelo.

Cuando digo esto mi madre se ríe:

—Modelo... Lo dices porque tú no te fijas en la tripita que ya va teniendo. Claro, se pasa el día sentado en el consultorio, no hace ejercicio.

De vez en cuando mi madre lo telefonea simplemente para advertirlo sobre los peligros de la gordura, y decirle que si por casualidad no ha pensado en dedicarse, por ejemplo, al golf, un deporte muy de moda. Él la escucha, nunca dice que no, pero yo lo conozco bien, sé perfectamente que, apenas cuelga, sonríe condescendientemente a tía Fátima y dice:

—Pobre... Luisa aún no ha perdido la costumbre de mandar sobre mí.

Y tía Fátima sonríe, tan condescendientemente como él, y se sumerge de nuevo en la lista de los invitados para la cena que está organizando.

Tía Fátima dejó las pasarelas y ahora vive de organizar cenas y comidas, y almuerzos para niños y banquetes y bailes y cosas así. Al principio, lo confieso, no me cayó muy simpática. Me irritó tener que llamarla tía, me irritaron sus innumerables pulseras que siempre tintineaban en sus brazos, me irritó por haber llevado a mi padre a un consultorio muy fino con una empleada que nos miraba de pies a cabeza como si fuésemos objetos raros.

Después todo pasó. Y hoy puedo decir incluso que me gusta, y, entre nosotros, ahora que nadie nos oye, creo que es la mujer ideal para mi padre, que siempre soñó con pertenecer a la *jet-set,* olvidado de las locuras de su juventud.

Por otra parte, esa fantasía le venía de muy lejos: según cuenta mi madre, a quien no lo conocía muy bien, le aseguraba que era descendiente de D.ª María II.

—Estaba muy cerca de él cuando se lo oí decir por primera vez —dice mi madre, que en seguida lo llamó embustero y otras cosas semejantes.

Pero él se rió:

—¡Seguro que a la reina no le importa! Además, con tantos hijos, es muy posible que la sobrina de una prima hermana de la mujer de un bisnieto incluso haya sido prima hermana del bisnieto de una sobrina de mi abuela...

—¡Con la Historia no se bromea, Miguel!

En estas cosas históricas mi madre es muy rigurosa. Creo que las profesoras de Historia son todas así.

En esa época mi madre estaba completamente abstraída en la tesis doctoral; nosotros éramos muy pequeños. Conozco la anécdota porque ella siempre la cuenta, con muchos ataques de risa entre medias, para finalizar con el asunto del cuadro. A decir verdad, no me acuerdo del cuadro en nuestra casa, pero cuando somos pequeños no prestamos mucha atención a esas cosas. Sólo me acuerdo de él donde está hora, en un sitio de honor en el comedor de mi padre. Pero mi madre asegura que estuvo mucho tiempo en nuestro pasillo. Es una joven de aspecto muy infeliz, con un escote de ésos de los que mi abuelo suele decir (cuando mi abuela no anda cerca) que dejan ver hasta el alma, unos velos y unos tules, todo muy vaporoso, en fin. El marco era precioso, de madera oscura, con una guirnalda de flores de plata alrededor. Mi madre dice que compró el cuadro simplemente por el marco, y siempre pensó en cambiar la pintura cuando tuviese tiempo. Pero eso es algo que mi madre nunca tiene, y por eso el cuadro se quedó ahí, siempre con la infeliz de los velos dentro. Cuando llegó el divorcio y la separación de las cosas de cada uno, mi padre cogió el cuadro y dijo:

—Perdona, Luisa, pero tengo derecho a llevarme a mi tatarabuela.

—¿Quién? —se sorprendió mi madre.

—No te hagas la tonta. Sabes de sobra que este retrato es de mi tatarabuela, pariente de D.ª María II.

En ese momento a mi madre no le debe de haber

hecho ninguna gracia: nada es gracioso cuando un matrimonio se acaba. Pero hoy, pasada la tristeza, siempre que habla de la antepasada de mi padre, mi madre está a punto de ahogarse de tanto reírse. Sobre todo cuando piensa en ella en el sitio de honor, venerada por tía Fátima, totalmente convencida de que tiene una antepasada de sangre azul en la familia.

—¡Oh, Miguel, cómo se parece usted a su tatarabuela! —dijo ella una noche en que estábamos cenando.

Tía Fátima siempre trata de usted a mi padre porque dice que es muy fino. Y, aunque no diga nada, porque es muy educada, nos lanza miradas escandalizadísimas cuando nos oye tratar a nuestro padre de tú. ¡Dónde se ha visto, tratar de tú a un padre con una tatarabuela como ésa!

Lo más probable es que esa joven, de aspecto infeliz y generoso escote, sea la antepasada de quien pintó el cuadro. O, en la versión mucho menos complaciente de mi madre, el retrato de alguna vendedora harapienta de violetas a la puerta de una iglesia, o el de la posadera que fiaba la comida y la bebida, y quién sabe qué más, al pobre pintor anónimo, miserable como todos.

—Pero quién soy yo para quitarles la ilusión —concluye mi madre, siempre pensando en la felicidad de mi padre y de tía Fátima.

Con razón. Si algún día tía Fátima descubriera la verdad, le daría un ataque y mezclaría todas las listas, y mandaría las invitaciones de bautizo a quienes debería mandar las invitaciones de boda, y viceversa.

Después de aquel café que no llegó a ser, mi madre invitó a Tiotonio a cenar.

—Es el paso siguiente —dijo Luciana cuando se lo conté.

Luciana es una gran entendida en estas cosas, suscriptora de *Joven de hoy, Mujeres, Pasarela* y *Vosotras*.

Estoy segura de que, si le hubiese preguntado a tía Fátima, me habría dado la misma información. Aunque nunca se hayan visto, Luciana y tía Fátima son almas gemelas.

—Después de la cena vienen el cine y el teatro; a continuación, él le compra un CD con algún tema clásico; después, un fin de semana fuera; y, finalmente, se casan.

El CD de música clásica es obligatorio, dice Luciana.

—Pero mi madre ya tiene tantos, que bien podría comprarle otra cosa.

—No. ¿Has visto alguna vez a un candidato a marido que regale música de Marco Paulo o de Lenita Gentil? No encaja. Tiene que ser clásica, porque queda fino, delicado, sirve para caer bien. Puedes creerlo.

Durante las semanas que precedieron a la cena, mi madre leyó todas las *Jóvenes de hoy,* las *Mujeres,* las *Pasarelas* y las *Vosotras* que Luciana le prestó, en busca de la receta ideal para una cena perfecta. Estudió muy bien la manera de poner la mesa con primor, pues la verdad es que nosotros no tenemos mucho hábito de comer a la mesa: coge cada uno su bandeja y nos vamos a comer frente al televisor, que es mucho más práctico. Una vez, mi madre leyó un libro de psicología y se quedó algo traumatizada porque el autor decía que comer en bandejas frente al televisor era un triste signo de nuestros tiempos modernos, y por eso no había diálogo entre padres e hijos, y por eso había conflictos y no sé qué más. Celosa del bienestar de sus hijos, mi madre decidió inmediatamente que se habían acabado las cenas en bandejas; ahora íbamos a ser una familia en serio; aunque fuese divorciada, también sabía criar hijos saludables, vaya, y que a partir de ese día cenaríamos siempre en el comedor, con la mesa puesta como debía ser: los platos, los cubiertos, la cuchara y el cuchillo, a la derecha; el tenedor, a la izquierda; el tenedor y el cuchillo de postre, arriba; todo como fijan las normas, por lo menos las normas del autor del libro y las normas de tía Fátima, que también es entendida en estos asuntos. Tía Benedicta también entiende algo de esto, pero pertenece más a la categoría de «familias numerosas», es decir, apila todos los platos delante de ella y después va sirviendo a cada uno, y de nada sirve decir «por favor, tía Benedicta, yo sólo quería un ala», porque en ese preciso momento ya está aterrizando en nuestro plato por lo menos medio pollo.

Así que nos hicimos a la idea de cenar a la mesa, «como todo el mundo», aseguraba mi madre, llena de ilusiones y de buena voluntad. Estábamos por la sopa, cuando ella oyó la música de apertura del telediario de la RTP. Sonrió, pero se contuvo.

—No importa, después veo el telediario de la SIC.

Aún no nos habíamos servido el pescado, cuando miró el reloj y vio que era la hora del telediario de la SIC. Sonrió y se contuvo una vez más:

—Siempre comienza con retraso...

Se ahogó con una espina cuando escuchó que el locutor hablaba de una manifestación frente al ministerio de Educación.

—¡No pagaremos! ¡No pagaremos! ¡No pagaremos! —gritó entonces Antonio, que es muy solidario con sus futuros compañeros en lo tocante al pago de las matrículas.

Mi madre intentó darle una lección de buenas maneras. El autor del libro también debía de haber hablado de casos de mal comportamiento filial y de cómo combatirlo.

—¡Antonio! Ésas no son maneras de...

De repente ya no era el locutor el que hablaba, sino la propia ministra, y entonces mi madre ya no no pudo contenerse: se levantó de la silla, cogió el plato y se colocó frente al televisor protestando contra todo lo que escuchaba.

—Si ella va, yo también voy —protestó Antonio, ya con el plato en mano.

Es evidente que yo no me iba a quedar sola en la mesa, ¿no?

Resultado: ninguno de nosotros regresó ya al comedor; para gran disgusto del autor del libro, sin duda, si hubiese podido vernos en aquel momento.

Pero mi madre tiene un estómago muy delicado y, ya por la sopa tomada de prisa, ya por la espina del pescado, ya por las palabras de la ministra, se pasó toda la noche vomitando hasta que decidió ir a urgencias del hospital de enfrente, donde el médico de costumbre le preguntó, lleno de atenciones, si se había puesto nerviosa.

—¡Ay, ay, ay, esta señora no sienta cabeza! ¡Sabe muy bien que no debe ponerse nerviosa, que su estómago en seguida se resiente!

Después de muchas sonrisas y palmaditas en la espalda, la mandó de vuelta con un preparado que debía tomar cada cuatro horas, y que bebiese mucho líquido, sobre todo que bebiese mucho líquido.

—¡Y si necesita algo, ya sabe! ¡Para eso estamos!

De más está decir que, a partir de esa noche, nunca más volvimos a comer a la mesa, a no ser, evidentemente, con gente formal, para que no piensen que ésta es una casa de salvajes.

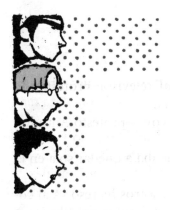

La cena de Tiotonio iba a ser, obviamente, formal.

Mi madre abrió cajones, abrió armarios, abrió cómodas, en busca de un mantel bordado de Madeira que una vieja prima que tiene allí le regalara para su boda y que hasta entonces nunca se había usado. Me pareció un poco de mal gusto que un mantel pensado para que lo disfrutasen mi padre y mi madre se estrenase en una cena para un novio de ella, pero, en fin, «signos de los tiempos», como dice el abuelo Bernardo («y no sólo», remata la abuela Tita). Pero el mantel no aparecía por ninguna parte y mi madre estaba a punto de perder la paciencia, cosa que, dicho sea de paso, ella no posee en abundancia.

Del mantel de Madeira pasamos entonces a un juego a la americana comprado en una Fiesta del *Avante,* en el pabellón de Hungría, con los individuales de lino todos bordados en negro y rojo, una preciosidad. Lo peor es que, por más que lo buscó, sólo encontró tres mantelitos, y nosotros, contando a Tiotonio, éramos cuatro. No podíamos poner tres individuales de lino bordado, y después otro de plástico con Snoopy diciendo «la dieta comienza mañana».

Estaba también el mantel de Viana do Castelo, pero tenía una enorme mancha de café en el centro.

Había también un mantel con flores azules y blancas, pero era demasiado pequeño para la mesa.

Y había, evidentemente, un montón de mantelitos para bandeja, de plástico, que tampoco servían para una ocasión tan especial.

Mi madre decidió comprar un mantel nuevo. Y entonces aprovecharía y compraría también unos vasos de cristal, «porque no queda bien servir el vino en vasos desparejados y de vidrio grueso», y unas tazas de porcelana más fina, pues las nuestras, pobres, ya estaban todas resquebrajadas, y, además, costaba un trabajo enorme encontrar un plato del mismo color que la taza. A mi madre nunca le habían importado mucho esas cosas, pero ahora tenía que atenerse en todo a lo conveniente. A mi padre, que tanto sufriera con esas negligencias, le habría gustado verla ahora.

Se compró el mantel (de lino blanco con margaritas amarillas), se compraron dos tazas (como Antonio y yo no bebemos café ni Nescafé, no hacía falta comprar más, los tiempos no están para gastos inútiles), se compraron cuatro vasos de cristal (por lo menos una vez en la vida, todos tendríamos vasos iguales, a pesar de que Antonio y yo aún estábamos, como dice el tío Anselmo, «padeciendo la enfermedad infantil de la Coca-Cola»), se compró un pato para que mi madre lo asase en el horno, y todos los demás ingredientes que la receta exigía, se compró un vino del Alentejo para acompañarlo, y mi madre hasta se gastó un montón de pasta en un perfume de ésos en serio, que hacen grandes agujeros en el presupuesto familiar, pero duran una eternidad en la piel.

Sería una noche perfecta. Y, como tanto mi hermano como yo ya estamos creciditos y conocemos los misterios de la vida, acordamos que, en cuanto viésemos a nuestra madre sonriendo embobada a Tiotonio, inventaríamos una salida al cine para dejarlos tranquilos. Ellos caerían en brazos uno del otro, y nosotros nos reuniríamos con Luciana en la heladería de la esquina para, como dice mi hermano, delinear el resto de la estrategia que debíamos seguir.

Cuando él llamó a la puerta, Antonio y yo estábamos con una duda existencial: si lo tuviésemos que tratar de «tío» (tía Fátima asegura que ahora está de moda tratar así a los novios de las madres), ¿cómo sonaría? ¿Tío Tiotonio? Pareceríamos tartamudos. ¿Tío Tonio? Así sonaba igual que Tiotonio, Tiotonio todo junto, e incluso podía parecer demasiado íntimo, como si él fuese un compañero o amigo de nuestra edad. Era un problema complicado, porque «señor Tiotonio» sonaba aún peor, parecía el celador de la escuela.

Apenas le abrimos la puerta, se dejó oír por toda la casa un estornudo monumental.

—¡Jesús! —se apresuró a decir mi madre, sonriendo mucho para que él no se sintiese avergonzado por una entrada tan poco romántica.

El pobre no tuvo tiempo de dar las gracias: lo sacudió un estornudo más, y otro, y otro más, y estornudó otra vez; ya estaba amarillo de tanto estornudar, y ya mi madre se preparaba para acompañarlo a urgencias cuando, en medio de unos segundos de tranquilidad, él consiguió murmurar:

—¡El per..., el per..., ¡achís!..., el perfume!

—¿El perfume? ¿Cuál perfume?

Cinco estornudos seguidos más y una breve pausa:

—Tu per..., tu per..., ¡achís!..., ¡tu perfume! A... a... ¡achís!... Soy aler..., aler..., ¡achís!..., alérgico a los per..., ¡achís!..., ¡a los perfumes!

Mi madre quería que se la tragase la tierra.

Además de la vergüenza, seguramente debía de estar haciendo cuentas del dinero destinado al frasco de perfume y que podría haber invertido en cosas más útiles, pero ahora había que buscar una solución rápida, el pobre no podía quedarse estornudando toda la noche.

Se levantó y, con un ademán muy digno, dijo simplemente:

—Permiso, Tiotonio.

Y se fue corriendo al cuarto de baño. Buscó afanosamente un gel de baño lo más neutro posible, pero uno tenía perfume de rosas, otro, «la fragancia exótica del monoi» («¿qué será el monoi, Dios mío?, de cualquier manera debe de ser perfumado, no sirve»), otro, «esencias odoríferas revitalizantes» («¿tendrá perfume?»), hasta encontrar un frasco en el rincón del armario, sólo con un resto en el fondo, que no olía a nada, tal vez ya había perdido el olor de tanto tiempo que llevaba allí olvidado, y con él se frotó y volvió a frotar, como si el cuerpo tuviese suciedad acumulada durante una vida entera, rezongando:

—¡Jabón duro! ¡Jabón duro me vendría bien ahora!

Mientras tanto, nosotros dos, como tontos, mirábamos a Tiotonio.

Cuando ella regresó finalmente a la sala (la piel resplandeciente de tanto frotarla), Antonio y yo estábamos escuchando una brillante exposición sobre rinitis, alergias y dolencias afines, y sobre cómo, en casos considerados difíciles, una infusión de bayas de enebro obraba maravillas, después de haber decidido prescindir de «tío» y llamarlo Tiotonio. Tiotonio todo junto.

Mi madre sonrió, nosotros sonreímos para complacerla, e hicimos cuenta de que todo había vuelto al principio, que él acababa de llegar, y aquella locura de los estornudos sólo se había desatado en nuestra imaginación.

La cena sería un éxito.

Estábamos conversando de tonterías (hace un tiempo espléndido, el año pasado por esta fecha llovía, la lluvia también hace falta, sí pero qué desagradable es, pues sí) cuando, no sé a propósito de qué, se habló de enfermedades. En estas conversaciones se comienza por el calor y se acaba siempre en la tensión arterial.

—¡Tengo el colesterol altísimo! —dijo entonces Tiotonio—. Por eso debo hacer una dieta rigurosa...

(El pato asado con una rica salsita en el horno.)

—...sólo puedo comer cosas hervidas y asadas, hervidas y asadas...

(El pato asado con una rica salsita en el horno.)

—...y tengo también el ácido úrico elevadísimo, por eso sólo puedo comer carne de vaca: ¡las aves, ni verlas!...

(El pato asado con una rica salsita en el horno.)

En ese momento, mi madre, a quien el estómago ya empezaba a revolvérsele (y yo pensando: «¡aguanta, mamá, por el amor de Dios, no irás a terminar en urgencias ahora, que no sabemos qué hacer con él!»), se levantó y, de nuevo con actitud muy digna, volvió a decir simplemente:

—¡Permiso, Tiotonio!

Él, por educación, quiso levantarse cuando ella se levantó, pero no tuvo dónde agarrarse y se dejó caer de nuevo en el sofá, siempre sonriendo.

—¡No quiero molestar! —murmuró.

—¡Qué va, no es molestia en absoluto!

Mi madre se fue hacia la cocina y nos dejó otra vez haciéndole compañía.

Después de unos minutos de silencio, él exclamó:

—¡Ah, la juventud, la juventud! ¡Es la mejor etapa de nuestra vida! Libertad, despreocupación...

—Evaluaciones, exámenes, granos...

Mi hermano es un pesado, pero Tiotonio no llegó a oírlo, porque continuaba su cantilena:

—...nada de enfermedades... Vosotros no sabéis

lo qué es el colesterol, el ácido úrico, la hipertensión... Desear beber un buen vino y no poder, desear tomarse un café y no poder... Soy un perfecto desgraciado: ¡no puedo probar una gota de alcohol, no puedo beber una gota de café, ni siquiera descafeinado, porque mi médico dice que es un veneno aún mayor para el estómago!

Y mientras él continuaba con su letanía («¡ah, la juventud, la juventud!»), yo corrí hacia la cocina, donde mi madre, atareadísima, hacía unas hamburguesas a la plancha que había en el congelador desde hacía un montón de tiempo, y exclamé:

—También puedes guardar el vino: él no prueba el alcohol.

Mi madre se dejó caer en el banco de la cocina.

—¿Y descafeinado? ¿Ni siquiera un descafeinado?

—Ni siquiera un descafeinado. Dice que es veneno para el estómago.

Le di un beso para protegerla en aquel momento tan doloroso de su existencia y volví a la sala. Mi madre aprovechó para guardar los vasos de cristal (para beber agua, los otros servían muy bien), las tazas de Vista Alegre, la botella de vino del Alentejo, y metió en el frigorífico el pato asado, que fue nuestra comida y nuestra cena del día siguiente.

Cuando volvió junto a nosotros, Tiotonio estaba explicando los prodigios que las infusiones de hierbas producen en el organismo humano, con particular énfasis en la de toronjina y en la de corazoncillo de Gerês.

Pero la noche aún podía salvarse.

Estábamos acabando de comer aquella comida sin grasas cuando Antonio, tal como habíamos acordado, dijo:

—Tenéis que disculparnos, pero habíamos quedado en ir al cine.

—¿Habíais quedado? —se admiró mi madre, que puede entender mucho de D.ª María II, de Mónica y de Alfredo Enrique, pero nunca entiende nada de estas pequeñas sutilezas.

—Claro —se apresuró a responder Antonio.

—¿Y qué película vais a ver? —preguntó Tiotonio.

No nos esperábamos la pregunta. No habíamos pensado en ninguna película. Iríamos desde allí derechos a la heladería donde Luciana debía de estar esperando quién sabe ya cuánto tiempo. Nos miramos el uno al otro y sólo me acordé de *ET,* que reponían en el cine del centro comercial. Habíamos pasado por allí por la mañana, y Antonio había dicho: «¡Caramba! Hemos visto este bodrio cuatro veces, ¿te acuerdas?»

—¿*ET*? —exclamó Tiotonio, con la expresión de quien acaba de tropezar con la Virgen en una calle de la Baixa—. ¿Queréis creer que es una película que me apetece ver desde hace mucho tiempo y aún no lo he conseguido?

Y se reía, excitadísimo con la idea:

—Sé todo de ella... «*ET,* mi casa, teléfono»... Los dedos de los dos así... La bicicleta volando... ¡Todo! Pero nunca la he visto.

Y volviéndose a mi madre:

—Podríamos ir todos, ¿qué te parece?

Mi pobre madre, agitada aún por todas las prisas de una cena improvisada, estaba dispuesta a todo. Dijo que sí, que era una idea magnífica, que sólo le diese tiempo para ponerse un abrigo e ir a buscar el bolso.

Y allí fuimos en grupo, estilo matrimonio a la antigua con los hijitos muy formales, mostrando que, a pesar de comer con una bandeja en las rodillas, somos una familia muy unida.

En cuanto a Luciana, nos esperó más de una hora en la heladería y acabó yéndose, no sin antes haberse atiborrado con un cucurucho de chocolate, frambuesa y *after eight* (que le llenó la cara de granos) y haberse enamorado eternamente del empleado de la barra.

El sábado es el día de la semana que Mónica
prefiere, a pesar de que sólo tiene la tarde libre y de
que, como siempre, llega con retraso al encuentro
con Alfredo Enrique. Por más que se lo explique, él
no entiende que la mañana del sábado es siempre
la de más trabajo en el Salón Rosario. También es
la de las mejores propinas. Las clientas hacen cola
junto al ordenador de Marta, donde todo se orga-
niza. Desde que fue a un curso en Ibiza, Tó Luces
tiene el salón completamente informatizado, y las
señoritas y las señoras son atendidas conforme a
los datos que aparecen en la pantalla: quién ha llegado primera, quién ha hecho cita previa, quién ha
cumplido con la cita, quién ha llegado después de
la hora fijada y ha perdido por eso el turno; allí nadie puede engañar a nadie. Mientras tanto, Tó Luces anda frenético, «¡venga, ricas, vamos, a atender, a atender; sé de sobra que son las ocho de la
mañana, pero por la hora que Europa nos impone,
y que es la que está en nuestros relojes, ya son las
diez y media! ¡Dentro de poco llegará la señorita

Xana y Mónica tiene que estar disponible para ella!»

La señorita Xana es la estrella del Salón Rosario. A veces, Tó Luces la mira y tiene casi la sensación de estar mirando a Claudia Schiffer. La señorita Xana siempre anda con prisa por culpa de las grabaciones. La señorita Xana, por ahora, es sólo figurante. Está inscrita en más de veinte agencias de figurantes y se pasa horas y horas en medio de otros figurantes de los programas grabados en vivo en la televisión. Y espera un día llegar a ser artista de verdad. Cuando llegue ese día, Tó Luces será su peluquero privado. Ya se lo ha prometido.

Los sábados, todo el mundo anda con prisa en el Salón Rosario. Aun así, es el mejor día para Mónica. Los domingos, Alfredo Enrique está siempre malhumorado, pensando en el día siguiente, en que tendrá que volver al trabajo como todo el mundo.

Los domingos no hay casi nadie en el café cuando Mónica aparece.

—Tarde, como siempre —rezonga Alfredo Enrique.

Ella le da un beso, pero él aparta en seguida la cara:

—¡Con el mismo perfume horrible!

—¿Horrible? —se sorprende ella—. ¡Pero si es del frasco aquel que me regalaste en Navidad! Debe de haber sido muy caro.

—Para variar, tú siempre hablando de dinero... Y si te lo regalé en Navidad, ya debe de estar estropeado. Esas cosas son muy sensibles, duran poco tiempo. ¿Acaso pensabas que los perfumes son como las botellas de oporto: cuanto más añejas, mejor?

Mónica no entiende por qué motivo Alfredo Enrique está de tan mal humor. El retraso tampoco había sido tanto como para justificar esos malos modos. Razón tenía doña Gilberta: los hombres son imprevisibles. Mónica se acuerda de ella y la ve, sentada muy erguida en el sillón de la sala, mirando el retrato de Onofre y murmurando:

—Ah, los hombres, los hombres... Una nunca sabe de qué son capaces...

Seguía después un gran suspiro, y pronto doña Gilberta fijaba ojos y manos en el bordado que estaba haciendo hasta que, pasada una hora, se levantaba y decía:

—Vamos a la cama.

Era aún temprano, pero doña Gilberta nunca permitía que alguien, bajo su techo, se acostase después de las diez de la noche. Acomodaba el cesto del bordado junto al sofá, iba a la cocina a beber un vaso de agua y, a manera de despedida, le decía:

—No te quedes con la luz encendida hasta muy tarde; sólo yo sé lo que pago de luz a final de mes.

Mónica piensa si no habrá sido ese tiempo pasado en casa de doña Gilberta el que le dio esa manía de estar siempre preocupada pensando en que el dinero puede no llegar a final de mes. La verdad es que, a pesar de las propinas, gana tan poco que, aun sin quererlo, tiene que estar siempre haciendo cuentas.

A veces, cuando va al quiosco a comprar A la deriva, siente algún remordimiento por gastar tanto

*dinero. Pero la revista es su único lujo y, además de
eso, sólo sale una vez al mes.*

—*Me hago cuenta de que he perdido 600 escudos* —*dice para convencerse*—. *O de que me han
robado. Ahora hay tantos asaltos...*

*Y después, cuando la lee y relee, cuando se siente
viajando por aquellas tierras tan distantes, en lugares que ni siquiera sabe dónde quedan en el mapa,
ni en qué lengua hablan las personas de por allí,
siente que ha merecido la pena, y aquél es el dinero
mejor gastado en todo el mes. Sólo así puede jactarse de conocer tan bien lugares adonde nunca nadie
ha ido. Nadie que ella conozca, claro. Alfredo Enrique, por ejemplo, siempre diciendo que el mejor viaje que se puede hacer es salir del* stand *e irse derecho a casa.*

—*En Johannesburgo hay un Café Nicola* —*le
dijo un día cuando pasaban por el Rossio*—. *Y un
barrio del Rossio. Y una Pastelería Belém.*

—*¿Has ido alguna vez a Johannesburgo?* —*preguntó él.*

—*No, claro que no.*

—*Entonces, ¿cómo lo sabes?*

—*Lo he leído.*

—*¿Dónde?*

—*No lo recuerdo.*

*Nunca le diría que compra todos los meses una
revista donde sólo se habla de viajes, de itinerarios
sorprendentes, de fotografías que recorta y distribuye por las paredes del cuarto. Adivina su reacción si
llegase a saberlo.*

—Te gastas el dinero en tonterías y después te quejas de que no llegas a final de mes.

A Mónica le duele que Alfredo Enrique ande casi siempre tan malhumorado. Tiene la certeza de que él no era así el día en que lo conoció. La certeza absoluta.

—¿Por qué usas el reloj en la muñeca derecha? —le preguntó él de repente.

—Me acostumbré en la escuela. Ya te lo he dicho.

—Es una estupidez usar el reloj en la muñeca derecha.

—¿Por qué?

—Porque nadie lo usa así. Es una estupidez hacer las cosas de manera diferente a como las hacen las demás personas.

—El muchacho de aquella mesa ha tirado la colilla al suelo y la ha apagado con el pie. Y hay muchos que actúan como él. ¿Por qué no lo haces tú también?

—No desvíes el tema. Eso es distinto.

—Es lo mismo.

Alfredo Enrique se encogió de hombros. No servía de nada discutir con Mónica.

—¿Y si fuésemos al cine?

—¿A ver qué? —pregunta ella.

—Lo que tú quieras.

Mónica se acuerda de un cartel en el cine que está cerca de allí. Playas, palmeras, un enorme rostro de hombre inclinado sobre un enorme rostro de mujer salpicado de enormes gotas de agua.

—¿Vamos a ver Verano para dos?

Se levantaron y salieron del café. A veces Alfredo Enrique tenía miedo de ser antipático, de decir cosas que no debía. Tenía un carácter difícil, todo el mundo lo decía. Y muchas manías, aseguraban los compañeros del stand. Todas las mañanas prometía ser diferente, pero era complicado. El enfado con su padre (a veces ya no está muy seguro de cómo comenzó todo), el curso superior de administración acabado con tanto esfuerzo para, en definitiva, sólo encontrar un empleo de venta de automóviles, todo eso lo vuelve agresivo. Muchas veces, cuando está afeitándose o tomando el desayuno, se imagina las cosas bonitas que le dirá a Mónica en cuanto ella llegue, como cuando, poco tiempo atrás, comenzaron a salir juntos. Pero después, sin querer, sólo salen palabras desagradables de su boca. Y Mónica a veces parece vivir en la luna, y habla de tierras que sólo deben de existir en su imaginación, o acaso en las revistas estúpidas que hay en la peluquería. Claro, a él también le gustaría mucho poder viajar, y aún no ha abandonado la idea de ir un día a Nueva York, subir al World Financial Centre, donde se hacen los grandes negocios de América. Un día, quién sabe.

Pero ahora decide hacer su buena acción del día. Sonríe a Mónica mientras paga las dos entradas, sin confesarle que ya ha visto Verano para dos *y que, para colmo, no le gustó.*

Fue nuestra etapa ecológica y saludable.

Los paquetes de patatas fritas y los envases de comida congelada fueron desterrados de nuestra casa, que, durante meses, dejó de oler a frito para oler a asado.

Encima del frigorífico se alineaban coloridos paquetitos de té, al lado de botes de cristal llenos de hierbas, bayas y raíces de aspecto más que dudoso, pero que, según afirmaba Tiotonio, «limpiaban el alma».

Yo no sé si nuestras almas estarían muy sucias, pero durante meses fue una colada completa. Tragamos litros y más litros de té por la mañana (para acumular energía en el día de trabajo que nos esperaba), por la tarde (para aguantar el resto del día de trabajo que nos esperaba), por la noche (para restablecernos del trabajo que nos había esperado por la mañana y por la tarde), todos sabiendo a lo mismo, pero que hacían a mi madre semicerrar los ojos para apreciarlos debidamente, tal como el tío Anselmo cuando prueba un vino y nos quiere hacer creer que es capaz de decir, sin error, de qué ribera del Duero vinieron las uvas de las que está hecho y en qué año fue embotellado.

—Cola de caballo..., no, no..., boj..., no, no..., verbena..., no, no, es cola de caballo, estoy segura..., ¡boldo de Chile! ¡Es boldo de Chile!

Igual que cuando él decía:

—Ribera media..., no, no... Tierras altas..., no, no... Real Vinícola.

En esa época aprendimos a tener más fuerza y vigor bebiendo infusión de achicoria, y a dormir mejor por la noche después de meternos medio litro de infusión de azahar. De vez en cuando, Tiotonio aparecía, nos miraba y le decía a mi madre:

—Me parece que los chicos están un poco anémicos.

Entonces mi madre iba hacia los botes de cristal, sacaba unas plantas de florecitas blancas que apestaban, las metía en agua hirviendo, las colaba y nos daba a beber la mezcla, murmurando embelesada:

—Esta infusión de angélica es una medicina milagrosa.

Tiotonio sonreía, haciendo como que no escuchaba a Antonio que, en estas ocasiones, solía siempre recordar las sabias palabras del tío Anselmo:

—Para la anemia, nada mejor que una copa de oporto o un vasito de tinto antes de las comidas.

En cuanto a Tiotonio, sus muchas dolencias dependían de las milagrosas hojas, hierbas y raíces que se acumulaban encima del frigorífico. A veces, allí estaba él, rascándose la barbilla o la calva, eligiendo la infusión según la etiqueta del frasco, como si estuviese en medio de una gran biblioteca eligiendo el libro según el título del lomo:

—Para mi hígado..., déjame ver..., cola de caballo..., no; la cola de caballo es para las jaquecas...; genciana..., tampoco...; la genciana es para la acidez...; ortiga..., no...; la ortiga es para el reumatismo...; agar-agar..., tampoco...; el agar-agar es para la tensión alta y ya me he tomado una taza esta mañana...; menta poleo..., no...; la menta poleo es para la indigestión y hoy no me siento hinchado como me suele suceder...; diente de león..., no; el diente de león lo tomo al acostarme para facilitar la circulación de la sangre...; verbena... ¡Eso! ¡Verbena es lo que necesito!

Era capaz de quedarse así todo el fin de semana, cuando no tenía que ir al banco y podía dedicarse a los placeres saludables.

Claro que a veces las hierbas fallaban. Pero sólo en casos de gran desesperación, como una tarde en que, reventando de dolor de muelas, se vio obligado a cambiar las virtudes del perejil por una buena copa de aguardiente puro.

Durante los meses de noviazgo, mi madre iba al supermercado con una vieja cesta de mimbre, ya muy vieja, que descubrió en la despensa, para evitar traer a casa más bolsas de plástico «que tanto contaminan el ambiente». Y cuando compraba detergentes o desodorantes daba vueltas y más vueltas al envase hasta descubrir el símbolo de la mano sobre el mundo con la leyenda «respeta la capa de ozono». Y durante el fin de semana separaba todos los periódicos y revistas, los ataba con una cuerda, y después se metía en el coche e iba a dejarlos al lugar donde, según había leído en el periódico, recogían papeles viejos para su reciclado. Después volvía a casa, juntaba todas las botellas (y eran unas cuantas desde que Tiotonio la convenció de que beber por lo menos dos litros de agua al día era indispensable para sus dietas de adelgazamiento) y allá que iba ella a depositarlas en el contenedor de vidrio más próximo.

Comíamos ensaladas, verduras cocidas al vapor, pan integral, fruta, miel de brezo, sopas, copos de cereales enriquecidos con salvado.

Una tarde, Antonio llegó de la escuela comiendo chocolate y mi madre le explicó que el chocolate era veneno, además de hacer que salgan granos en la cara. Éste es un argumento de peso para mi hermano, que sufre horrores por culpa del grano del mentón que resiste todas las cremas, lociones y jabones especiales, e incluso las compresas de acederas hervidas que, según Tiotonio, eran la solución eficaz.

—¿Hace salir granos? —murmuraba Antonio, ya vacilante en el mordisco que iba a dar.

—Claro. Todo el mundo lo sabe.

—¿Y si me como sólo este trocito?

—Allá tú. Los granos son tuyos.

Mi madre tiene esos argumentos capaces de desarmar a cualquiera.

Pero Antonio no tiene madera de héroe y, pasados unos segundos, ya se había comido más de la mitad. En ese momento apareció Tiotonio, y en el acto nos dio una lección sobre los males que aquella tableta en apariencia inocente podría acarrear para la vida futura de mi hermano como ser saludable. Entonces acabamos sabiendo que el pobre Antonio corría el serio riesgo de volverse un «chocolatómano», es decir, un adicto al chocolate, y que eso se debía a la falta de serotonina en el cerebro.

—¿Sero qué? —se alarmó mi madre.

—Serotonina —repitió Tiotonio—. Una sustancia que produce una sensación de calma. A veces las personas, cuando se excitan mucho, tienen la idea de que comer chocolate las calma. Pero es falso.

Nadie decía nada. Antonio miraba, desconfiado, el chocolate. Mi madre y yo mirábamos, desconfiadas, a Tiotonio, quien, a su vez, no parecía mirar nada ni a nadie. A veces, cuando acababa de hablar, Tiotonio se quedaba así, con los ojos fijos, con lo que vulgarmente suele llamarse la «mirada perdida».

—Es falso porque...

Respiramos todos: la lección aún no había acabado.

—...el hidrato de carbono estimula la producción de serotonina, pero lo que tiene el chocolate es grasa, mucha grasa: ¡una tableta como ésa, con ese aspecto aparentemente inofensivo, tiene más del treinta por ciento de grasa! ¡Un veneno! ¡Un verdadero veneno!

Confieso que no entendí ni la mitad de lo que explicó después. Y tuve que disimular unas enormes ganas de reírme cuando Antonio, con la expresión más seria del mundo, murmuraba:

—Entonces poco falta para que las tabletas lleven también una advertencia que diga «comer chocolate perjudica seriamente la salud», como las cajetillas de tabaco...

—Hasta es posible que se invente un «día nacional del no comedor de chocolate...» —dije yo, para disimular la risa.

—Y espacios separados en los restaurantes para quien no pueda prescindir de la *mousse* de chocolate después de la comida...

Entonces, Tiotonio se dio cuenta de que no estábamos hablando en serio. Se encogió de hombros:

—Allá vosotros... No os quejéis después de que no os he avisado.

Y entró en la cocina a prepararse una infusión de valeriana, que hace milagros en la cura del estrés.

Estábamos a punto de acabar de cenar cuando mi padre, un día, exclamó con expresión muy feliz:

—¡He oído decir que vuestra madre ha encontrado novio!

Tía Fátima por poco se ahoga:

—¡Miguel, ésas no son cosas que deban decirse delante de los *pequiñines!* ¡A veces los comentarios que hace usted resultan inconvenientes!

Los *pequiñines,* que somos nosotros, nos echamos a reír. Ya deberíamos estar acostumbrados a las manías de tía Fátima, es verdad; ya deberíamos saber que, delante de ella, hay que pensar muy bien en las palabras que se dicen, pero aún nos entran muchas ganas de reír. Sobre todo esa manera que tiene de llamarnos *pequiñines.* Lo más gracioso es que ella dice, por ejemplo, que la casa donde viven es muy pequeña, y el presupuesto para organizar las fiestas es siempre demasiado pequeño para lo que desearía tener. Pero cuando nos toca a nosotros, listo, le salta la «i» pronunciada con los labios muy juntos, y allí estamos nosotros, «los *pequiñines».*

—Mejor *pequiñines* que *pecañajos* —farfulla Antonio, que se quedó muy abatido cuando, uno de los habituales domingos en casa de tía Benedicta, una compañera suya, que estaba allí discutiendo notas y pruebas y cosas de ésas, le preguntó a nuestra madre, apuntando hacia nosotros:

—¿Son sus *pecañajos?*

—*Pecañajo* es... —musitó mi madre, que estaba a punto de estallar, pero que, de repente, tuvo la lucidez de pensar que estaba en casa ajena y que no era de muy buen gusto alborotar por tan poca cosa. Respiró hondo (táctica infalible) y condescendió:

—Son, son... son mis... pe*que*ñajos.

A pesar de todo arrastró mucho el «que»; mi madre condescendía, sí, pero tampoco había que pasarse, y, sobre todo, había que salvar al menos la pureza de la lengua. Aunque en este caso todo fue inútil, porque, poco después, la amiga de tía Benedicta sacó una foto de la cartera y se la mostró exclamando:

—Ésta es mi *pecañajita*. Estuvo a punto de venir conmigo, pero temí que se aburriese.

Por lo que pudimos vislumbrar de la fotografía, la tal *pecañajita* era una tía maciza, que se desbordaba de una falda ajustadísima, llena de collares y pulseras, y de colgajos en el pelo, que más parecía una brasileña desfilando en la pista de samba en martes de carnaval.

Pecañajos, pequiñines, ya estábamos hechos a todo.

—No veo qué hay de malo en tener novio —respondió Antonio—. Antes de casarse con tía Fátima, papá también fue su novio.

—No hay nada de malo. Pero esas cosas no deben discutirse con los hijos —insistió tía Fátima.

Tía Fátima parece hija de mi abuela Tita. Ya se me ha pasado alguna vez por la cabeza si no las habrán cambiado en la maternidad, porque, si se mira bien, mi madre no se parece en nada a la abuela.

—Pues yo creo que es justamente con los hijos con quienes deben discutirse estas cosas —continuó mi hermano.

Mi padre tosió discretamente, pero Antonio no desiste de buenas a primeras. Es una pena que quiera ser médico: sería un abogado mejor que los que aparecen en las series de televisión y ganan siempre todas las causas.

—Imaginaos —se iba creciendo mi hermano— que a mí no me cayera bien tía Fátima. Podría ocurrir, ¿no?

Mi padre tosió nuevamente.

—Por ello fue importante que papá discutiera el asunto con Gloria y conmigo. No paró de hablarnos de tía Fátima...

Nuevo acceso de tos de mi padre.

—...nos mostró fotos de ella, nos dijo lo simpática que era, cómo le gustaban los niños y lo ansiosa que estaba por conocernos...

Decididamente mi padre había pillado una gripe de las de antes, tales eran sus accesos de tos mientras Antonio proseguía:

—...hasta nos preguntó si estábamos de acuerdo

en que se casase por segunda vez, sí, porque a veces los hijos, si están desprevenidos, ¡hacen escenas de celos disparatadas! Pero nosotros, felizmente...

Un acceso más de tos de mi padre y tía Fátima que se apresura a darle golpecitos en la espalda.

—... nosotros siempre hemos podido discutir todo muy bien, siempre hemos podido decir lo que sentíamos, lo que pensábamos, ¡todo! ¡Es así como debe ser!

Hubo algunos momentos de embarazoso silencio. Tía Fátima aplastaba el pescado asado, empujándolo hacia el centro del plato en montoncitos, como hacen los *pequiñines* que no tienen apetito. Mi padre ya no tosía, pero miraba el plato vacío como si estuviese a la espera de que se diese el milagro de la multiplicación de los peces. Y Antonio, muy sonriente, pidió:

—¡Por favor, pasadme la bandeja! ¡Tengo un hambre que no veo!

Yo miraba a todos y simplemente me acordaba de aquella tarde en que mi padre llegó a casa para buscar unos discos que había olvidado. Se habían divorciado hacía poco tiempo y mi madre, por muy buen humor que aparentase delante de nosotros, aún a veces aparecía con los ojos hinchados y sonándose, pues siempre cuesta un poco superar estas cosas.

Mi padre fue a la cocina a buscar una bolsa para meter los discos y, así, como quien no quiere la cosa, con la mano en el picaporte de la puerta, nos dijo:

—Es verdad, me casé ayer. Ella se llama María Fátima. Es modelo. Un día de éstos la conoceréis. Es buena chica.

Y, durante más de seis meses, eso fue todo cuanto supimos sobre nuestra madrastra.

—Me apetecería una cerveza —dice Mónica.

Acababan de salir del cine. El aire acondicionado debía de estar estropeado o funcionaba mal. O tal vez ni siquiera había aire acondicionado. Mónica sentía que sudaba y que tenía mucha sed.

—Sabes muy bien que el alcohol hace daño —dice Alfredo Enrique.

—También hay cerveza sin alcohol... —murmura Mónica.

—Para beber esa mezcla, más vale no beber nada.

—Tengo sed.

—Agua. Nada mejor para matar la sed.

Mónica sabe que él tiene razón. Y es justamente eso lo que ella odia. Que él tenga siempre razón. Y esté siempre seguro. Y use una camisa sin marcas de sudor como tiene la blusa de ella, por más que se ponga litros de colonias y desodorantes después de la ducha.

—Además —continúa Alfredo Enrique—, ya es tarde y mañana es día de trabajo. Y a mí, quien me quita mis ocho horas de sueño, me quita todo.

Mónica se acordó de doña Gilberta, también ella se recogía temprano. Pero en esa época anochecía de repente, y ahora a las diez de la noche aún es de día. Y le apetecía disfrutar un poco más de la noche de junio, no ir ya a casa, no quedarse ya sola. En su habitación no tendrá a nadie con quien conversar, y a esta hora no hay ningún programa en la televisión que quiera ver.

—Aún es tan temprano —dice en voz muy baja.

—¿Temprano? —exclama Alfredo Enrique.

—Diez y cuarto —dice ella mirando el reloj.

Alfredo Enrique se estremece. Aquella manía del reloj en el brazo derecho colma su paciencia.

—¿Y a eso le llamas temprano? ¿Es que mañana es fiesta, todo está cerrado y yo no me he enterado?

—Has hecho un verso —dice ella, riendo—. Estás enamorado.

—Y tú estás chiflada...

—No. Las personas enamoradas hacen versos.

—Son los poetas los que hacen versos —dice Alfredo Enrique—. Con las cosas serias no se bromea.

—Entonces, ¿con qué se bromea?

En ese momento vieron el 45 y los dos salieron a la carrera para cogerlo; no sabían cuánto habría que esperar hasta que llegase otro que les sirviese.

—Estos autobuses están hechos un asco —dice Alfredo Enrique, señalando las ventanillas—. Mira lo sucios que están los cristales. Casi no se consigue ver nada de fuera.

Una vez más, él tiene razón. Pero a Mónica no le apetece hablar mucho sobre la higiene de los auto-

buses. El domingo está acabando y no ha ocurrido nada especial. Ha sido un domingo igual al domingo anterior, que ya había sido igual al precedente, y que —tiene la certeza— habrá de ser igual al domingo de la semana siguiente, y de la siguiente, y de la siguiente. El café, el cine, el autobús que la deja en la puerta, el beso rápido de despedida.

En los primeros tiempos de noviazgo todo había sido diferente. Alfredo Enrique parecía uno de esos actores de telenovela mejicana, lleno de frases románticas; llegó incluso a esperarla en el café con un ramo de rosas. Y cuando ella se disculpó por el retraso, él sonrió y le dijo casi en un susurro:

—Sería capaz de esperarte la vida entera.

Ahora está tan cambiado, que Mónica tiene miedo de que después de casada aún sea peor. Si al menos, en vez del café y del cine, fuesen hasta Caparica o a la Boca do Inferno a ver el mar y comer quesadillas. Cuando vivía con su padre, la tía Helena y Bentiño, nunca había dinero para paseos y, además, no estaba bien visto que una niña fuese por ahí sola, decía la tía Helena, que nunca tuvo mucha paciencia con Mónica. Prácticamente había vivido todos aquellos años entre la casa y el colegio.

Ahora, poco ha cambiado: pasa su vida entre la casa de doña Virginia, donde vive en una habitación alquilada, y la calle del Salón Rosario.

Alfredo Enrique dice que ir en transporte público le cansa mucho, que bastante tiene con estar obligado a utilizarlo durante toda la semana.

—Podrías comprar un coche —dijo ella un día—.

Pequeño... De segunda mano... Tal vez no sea demasiado caro.

Él se irritó:

—Sabes muy bien que no gano para esos lujos. ¿O piensas que el stand *es mío*? ¿O que tengo el dinero de mi padre?

Volvían siempre a lo mismo: el dinero. Que Mónica no tenía y que los padres de Alfredo Enrique sí tenían, pero del que, por una cuestión de principios, él no quería pedir ni un céntimo.

Como siempre, ella salió primero.

Y, por primera vez, no se volvió para decirle adiós.

Pasó mucho tiempo hasta que la abuela Tita se enteró por fin de que mi madre tenía novio.

—¡¿Novio?! Pero eso de tener novio ¿es propio de las madres? —preguntó, seriamente perturbada.

—Si tiene otro nombre, yo no lo sé—dijo Antonio, que, como siempre, se había ido de la lengua. No es que nuestra madre nos hubiese pedido que guardásemos el secreto, pero, conociendo a la abuela Tita como la conozco, habría sido mejor haberla preparado con cierta cautela. Ocurre que Antonio, pobre, es un muchacho bueno y agradable, y, si no fuese por el grano en el mentón, hasta podría dar un excelente Alfredo Enrique en el cine o en la televisión, pero es un poco bruto. Pobres de los enfermos si consigue sacar la media que se exige para entrar en Medicina. Ya lo estoy viendo: «¡Cálmese, que no es para tanto; tal vez le queden todavía unos dos o tres meses de vida!»

Fue más o menos lo que ocurrió aquella noche en casa de la abuela Tita, al beber el segundo vaso de Coca-Cola:

—Deja que me aproveche ahora que Tiotonio no puede verme.

Mi abuela lo miró asombrada:

—¿Tío qué?

—No es ningún tío, abuela. Es Tiotonio. Tiotonio todo junto.

Y como mi abuela parecía no haber comprendido nada, añadió, con la expresión más inocente de este mundo:

—El novio de mamá.

Entonces saltó el abuelo Bernardo, que estuvo a punto de ahogarse con la carne asada y no tiene ningún hospital enfrente de su casa:

—¡¿El novio de quién?!

—De mamá —repitió Antonio, añadiendo—: ¿Me pasáis la bandeja, por favor? En casa, lo único que hay son cosas hervidas y asadas, hervidas y asadas...

Pero ni la abuela Tita ni el abuelo Bernardo estaban interesados en discutir de gastronomía a esa hora. Se miraban el uno al otro como si mi madre hubiese cometido algún crimen o algún pecado de ésos que llevan derecho al infierno.

—Esta gente ha perdido el juicio... —repetía mi abuelo.

—Y no sólo... —repetía mi abuela.

Mientras tanto, Antonio y yo nos íbamos resarciendo con la carne asada con una rica salsa, cebolletas y montañas de patatas fritas, y vasos y más vasos de Coca-Cola. Si Tiotonio nos hubiese visto, le habría dado tal ataque, que no habría tisana capaz de curarlo.

Clarinda, la mujer que trabaja en casa y que hasta ayudó a criar a mi madre, parecía más sorprendida que mi abuela y, al oír hablar del novio de mi madre, no pudo dejar de exclamar: «¡Jesús, María Santísima!». Hasta iba a santiguarse, pero se acordó a tiempo de que tenía la bandeja de carne asada en las manos, y por eso no hubo que lamentar desgracias mayores.

—¿Has oído alguna vez algo parecido, Clarinda? —preguntó mi abuela, a la que siempre le gusta mucho compartir las desgracias con la servidumbre.

—Clarinda es como de la familia —dice siempre mi abuela. Lo peor, según afirma mi madre, es que nunca se acuerda de eso cuando llega el momento de subirle el sueldo.

Clarinda meneó la cabeza; no tenía palabras; su niña haciendo una cosa así.

—Es lo que se ve en la televisión —murmuró.

—Y no sólo —murmuró la abuela Tita.

A mí todavía me costaba entender qué había de malo en el hecho de que mi madre, mayor y vacunada, divorciada y madre de hijos crecidos, hubiese conseguido un novio, pero la conversación tenía que ser ahora entre ellas dos y no con nosotros.

—¿Y si tomásemos el postre? —dije yo.

—Excelente idea —dijo Antonio.

Y no se habló más de Tiotonio.

El tiempo hace olvidar muchas cosas, y hoy vamos sobrellevando todo lo mejor posible.

Somos gente civilizada: mi madre incluso habla con tía Fátima cuando es necesario, y va al consultorio de mi padre si surge algo urgente para resolver entre ellos. Historias de dinero, casi siempre. E impuestos, claro. Mi madre es totalmente incapaz de rellenar papeles y ,cuando hay que entregar la declaración de la renta, se presenta en el consultorio. Allí, Belmira, que se deshace toda en saludos y en preguntar por los niños, nunca permite que mi madre espere más de cinco minutos. También es muy civilizada.

Mi padre, por su parte, está muy interesado en los posibles novios de mi madre. Quienes no le gustan nada son Mónica y Alfredo Enrique. Según él, le han trastornado la cabeza a nuestra madre, ocupando el lugar que le correspondería a D.ª María II. Por esas y otras razones, tampoco puede oír hablar de Alejandro Ribeiro ni de *Interludio*.

—Celos —asegura Luciana.

—No seas tonta —le digo yo, y se acaba la charla.

—¿Cómo puede vuestra madre perder tiempo en esas cosas? —se asombra mi padre.

Un día, Antonio le explicó, con expresión muy seria, que aquello había sido una terapia y que él debería saberlo mejor que nadie.

Mi padre miró fascinado a su hijo varón:

—Se ve que estás leyendo sobre esos temas... ¡No me digas que voy a tener sucesor!

Pero Antonio lo desilusionó en seguida. Médico, sí, pero para ir a los lugares donde fuese más necesario, y no «a un consultorio muy fino, a ganar fortunas por media hora de conversación de chacha».

—A tu edad yo también pensaba así —dijo mi padre.

—Pero yo pensaré siempre así —aseguró Antonio.

—A tu edad yo también pensaba que pensaría siempre así —dijo mi padre.

La verdad es que Mónica y Alfredo Enrique habían aparecido poco después del divorcio. Hasta parecía que Alejandro Ribeiro lo había adivinado.

—No está mi cabeza para la tesis —dijo mi madre una tarde en que el recuerdo de mi padre estaba aún muy vivo en todos los rincones de casa.

Y cuando llamó por teléfono un antiguo compañero de la facultad desafiándola para que escribiera la historia, aceptó.

—A ver si pienso en otras cosas —dijo.

Se sentó a la mesa e hizo nacer a esos dos.

—Una terapia —asegura Antonio.

—Un disparate —asegura mi padre.

Pero, durante el noviazgo con Tiotonio, mi madre no se había acordado de Mónica ni de Alfredo Enrique, pobre, atareada como estaba ella memorizando nombres de plantas, de raíces, de bayas, y haciendo la lista de las cosas saludables que no debían faltar en casa, y la lista de venenos con los que nunca más debíamos tentarnos. En medio de todo eso, ¿quién podía pensar en amores y desamores ajenos?

De cualquier manera, el trabajo es el trabajo, el té es el té: una tarde en que nos atiborrábamos de croquetas de soja con arroz integral, Alejandro Ribeiro la llamó por teléfono para preguntar si, por lo menos, podía echar un vistazo a las primeras páginas. Sólo para ver si todo iba bien encaminado.

Mi madre contestó casi ahogándose:

—Pero ¿tú estás loco? ¡Ni lo pienses!

Debió de decirle algo que la enfureció, porque ella comenzó a balancearse con el teléfono, lo que siempre es mala señal:

—¡Te he dicho que no pienses en tonterías de ésas!... Pero ¿tú estás loco? Ibiza, Malibú... ¿Isla de qué?... Te has vuelto loco... La única isla que conozco es Madeira, y, aun así, sólo de un viaje de estudios...

Silencio, mientras del otro lado el pobre Alejandro Ribeiro intentaba convencerla. Mi madre daba pasos de baile por toda la sala, con el teléfono en la mano.

—Ya te lo he dicho: ¡no te mostraré ni una coma! Lo que faltaba... ¿Y si Mónica deja de ser Mónica? ¿Y si el peluquero se convierte en administrador de empresas? ¿Y si Alfredo Enrique fuese un refugiado de Chechenia? ¿Y si Xana se arroja al río desde el barco? ¿Y si el fantasma de Helena asalta el *stand*? Disculpa, pero en este momento tengo una gran confusión en la cabeza. Vuelve a llamar un día de éstos. Besos, besos.

Y colgó.

Tiotonio la miraba sin entender nada y tímidamente se aventuró:

—¿Algún alumno con dificultades?

Tiotonio era muy buena persona y muy sano, pero le costaba un poco entender las cosas. Para colmo, con peluqueros, administradores de empresas, refugiados, fantasmas y un suicidio en el Tajo, no se puede decir que lo tuviese fácil.

Mi madre volvió a las croquetas de soja y al arroz integral:

—Nada especial. Un antiguo compañero mío de la facultad que es un pesado.

Tiotonio se quedó tan perplejo como antes, pero decidió no aventurar otra pregunta. Seguimos todos comiendo y no se volvió a tocar el tema.

Pero mi madre ya debería saber que su estómago no resiste irritaciones: minutos después de haberse ido Tiotonio, tuvo que salir deprisa hacia urgencias, con uno de esos ataques de vómitos que parecen no acabar nunca. El médico de costumbre, la sonrisa de costumbre, «¡y si hace falta, ya sabe, para eso estamos!».

La cama está llena de fotografías. En algunas no se consigue distinguir bien el rostro de toda la gente. Fotografías de grupo, dice Mónica, y al rato se sorprende de estar hablando sola. A veces, en casa de doña Gilberta, también hablaba sola.

—Es el primer paso hacia la locura —le había asegurado doña Gilberta una noche, al entrar de repente en su habitación para ver si descubría con quién estaba conversando.

Desde entonces, Mónica tiene mucho miedo de volverse loca. Junto a las revistas de viajes hay un libro que habla de la locura, pero aún no ha conseguido pasar de la primera página, todo por culpa de las palabras complicadas que allí aparecen. De nada le servirá leer un libro si no entiende lo que dice. Si tuviese estudios superiores, como Alfredo Enrique no se cansa de insistir, tal vez entendiese todas las palabras.

Por ahora prefiere mirar las fotografías, desparramadas sobre la colcha. No se reconoce ni reconoce a nadie. Y, no obstante, sabe que es ella la que está allí, ella hace muchos años, ella en otro lugar, casi en otra vida. ¿Quién le habrá puesto ese sombrero de paja en la cabeza? ¿Por qué estará con el ceño tan fruncido mientras los otros ríen frente al objetivo? Y ¿quién sería el fotógrafo? ¿Habrá dicho «venga, una sonrisita» como Tó Luces cuando reúne a todo el personal con su madre para celebrar el aniversario del salón? ¿O no habrá dicho nada, limitándose a esperar a que todos se coloquen y miren a la cámara?

No se acuerda de nada. Por otra parte, Mónica recuerda muy poco del tiempo de su infancia. Sólo sus fugas, claro. Era muy pequeña cuando se escapó por primera vez. El abuelo rezó la letanía de las ánimas en pena, a medianoche, a orillas del arroyo, y Mónica fue encontrada.

—La Virgen del Espino vela por ti —le dijo el abuelo—. Siempre lo supe.

Las otras veces que se escapó, tuvo siempre que volver a casa a horas decentes: no podía hacer quedar mal a la Virgen del Espino.

En esa época, tía Helena le pegaba, le preguntaba si es que a ella le faltaba allí alguna cosa, y por qué no era tan bien educada y agradecida como Bentiño. Mónica nunca le gustó a tía Helena.

—Si no hubieses nacido, no se habría muerto tu madre y yo no tendría que estar aquí ocupándome de vosotros —decía ella muchas veces.

Durante mucho tiempo, Mónica lloró pensando que era culpable de la muerte de su madre. Aún hoy, a veces piensa en eso. Pero ya no llora. Sabe ya que nadie es culpable de esas cosas.

Pero tía Helena, de vez en cuando, también estaba de buen humor. Esos días, Mónica se acercaba a ella y pelaban juntas batatas ya cocidas y muy calientes, y la tía se reía de los gritos que ella daba, haciendo saltar las batatas de una mano a otra para no quemarse, y después intentaba enseñarle a amasar bien las batatas, si no, el pastel quedaría horrible y su padre se enfadaría.

Su padre. Allí está también en una fotografía, erguido, con un chaleco que debía de quedarle muy ajustado, sentado en el banco de madera del jardín, debajo del limonero. Lo que más añoranzas despierta en Mónica es el aroma de los limones. Aún hoy lo siente cuando se despierta de buen humor. Y allí está ella con su hermano, también al pie del limonero, su hermano con ademán tan protector como si fuese a hacerse cargo de ella toda la vida. Cuando sueña con todas las tierras extrañas adonde le gustaría huir, Mónica piensa si en alguna de ellas encontrará a su hermano. Mira de nuevo la fotografía para recordar mejor su rostro antes de la partida. Sonríe ante los pantalones largos y descuidados que él vestía, las piernas esmirriadas, los huesos de las rodillas muy salientes, el brazo izquierdo caído a lo largo del cuerpo, la mano derecha apoyada en el hombro de ella, los dos posando muy serios frente al fotógrafo, que sin duda se había olvidado de pedirles una sonrisa. Ella es muy pequeña, lleva un babi con volantes que tía Helena debió de haberla obligado a ponerse para que estuviese más guapa en el retrato. Todos los años, por Navidad, su padre

les sacaba una foto para mandársela a doña Gilber-
ta, junto con una tarjeta de felicitación: «Ahí están
los pequeños, para que la prima vea lo crecidos que
están y cómo se parecen cada vez más a nuestra Ire-
ne, que Dios tenga en su gloria, sobre todo Bento,
que está hecho un hombrecito y sólo habla de ir a
conocer nuestra tierra.»

Su padre decía siempre «nuestra tierra» cuando
se refería a Madeira, pero Mónica siempre había
oído decir que él había nacido en Trás-os-Montes,
en aquella aldea donde siempre habían vivido hasta
irse a Lisboa, y que sólo la madre y la tía Helena
habían venido de allí hacía muchos años. Hacía
tantos, que la tía Helena apenas se acordaba de las
personas, de las casas o de las calles. La receta del
pastel y la nostalgia del azul del agua era todo lo
que la isla había dejado vivo en su memoria.

Pero a Mónica no le gusta mucho pensar en estas
cosas.

A Mónica sólo le gusta pensar en cosas agrada-
bles, el olor a perfume y a laca en el salón, los ojos
de Alfredo Enrique, las aguas de Bora Bora, la isla
de Pascua, el café caliente en la taza de flores rojas,
el calor de la ducha, la voz del locutor, son las ocho
en Portugal continental, las siete en Madeira, las
seis en las Azores.

Comenzamos a darnos cuenta de que algo no iba bien entre mi madre y Tiotonio cuando los fines de semana él no aparecía, y sobre todo cuando los botes de hierbas, bayas y raíces comenzaron a desaparecer de encima del frigorífico. No todos, evidentemente: las infusiones que, según la sabiduría de Tiotonio, hacían adelgazar, allí continúan y han de continuar para el resto de la vida. Pero, si mi madre llegaba a casa con un fuerte dolor de cabeza, ya se tomaba una aspirina junto con la infusión que, según decía ella, «tampoco hace daño».

Pero cuando mi madre apareció oliendo a aquel perfume caro, comprado para aquella cena que sería perfecta, tuve la certeza de que Tiotonio, pobre, no volvería.

Extrañamente, me dio pena. Porque todos, incluidos Antonio y yo, parecíamos de pronto muy aliviados con su partida. Debe de ser terrible que nadie te eche de menos.

—No era hombre para ti —exclamó el abuelo Bernardo cuando, después de un domingo en que él no fue con nosotros a casa de la tía Benedicta, mi madre le contó que habían acabado el noviazgo.

La abuela Tita suspiró:

—Ahora que ya me estaba haciendo a la idea...

Mi abuela es así: capaz de hacerles la vida imposible a las personas, pero después, si éstas se van, se mueren o les ocurre algo malo, suspira, suspira como si no pudiese soportar el disgusto de la separación.

Y el primer domingo en que todos se habían encontrado en casa de tía Benedicta no había sido precisamente un éxito. Mi madre había prevenido a todo el mundo de las alergias y de las dietas de Tiotonio, y en ese aspecto no hubo mayores tropiezos, a no ser la mirada reprobadora que él lanzaba al vaso de tío Anselmo, hasta los bordes de tinto de la Vidigueira. («Reprobadora», digo yo. Antonio jura que era la mirada más envidiosa que jamás recuerda haber visto en rostro humano.)

—¿Es usted entonces quien se va a casar con mi hija? —preguntó la abuela Tita, en esas cosas siempre muy sutil.

Todos tragamos saliva (menos el tío Anselmo, mirando a través del cristal del vaso el hermoso color de aquel vino selecto) y mi madre se enfadó:

—¡Ay, madre, qué cosa! ¡Habla como si yo fuese una niñita! ¡Ya no estamos en la Edad Media!

Tiotonio sonrió, intentando ser simpático:

—Vamos, Luisiña, ¿no ves que es una broma de tu madre?

—¡¿Una broma?! —se irritó mi abuela, que no bromea nunca—. ¿Qué broma? Estoy hablando muy en serio. Si usted es el... el... pues, el novio de ella... A mí, para serle franca, no me hacen ninguna gracia estas cosas modernas: «el novio de mi madre», decía uno de los chicos hace unos días... Si esto tiene algún sentido..., pues, en fin, parece que soy yo la que estoy vieja y ya no sé nada de estas costumbres de ahora... Pero vamos a ver, si usted es su novio, seguramente querrá casarse con ella. En mis tiempos los novios querían casarse con sus novias; si no, ¿para qué salían juntos? ¿O acaso ya tampoco es así?

Mirábamos todos a mi abuela, sin saber qué responder. Yo quería salvar la situación, pero no se me ocurría decir nada. Antonio no encontró nada mejor que decir:

—«¿Es para casarse o para qué es? Es para lo que es, señora», como dice la anécdota que contaba Hernán José.

Mi abuela le lanzó una mirada furibunda y el pobre Tiotonio estaba cada vez más afligido, y él aún no había visto el vídeo del baño con manguera de tía Benedicta.

—Pues sí, señora, los tiempos ahora son otros, las costumbres son otras...

—Las malas costumbres son siempre malas costumbres, hace cien años como ahora —replicó mi abuela—. Y esto de casarse, descasarse y otra vez casarse me parece una vergüenza.

Entonces mi madre, para intentar salvar la situación, echó mano de toda su sabiduría acumulada a lo largo de 200 páginas de una tesis abandonada pero no olvidada.

—¿Queréis mayor casa-descasa que el de la pobre D.ª María II? Se casa a los siete años con el tío, se descasa del tío, se casa a los 16 años con don Augusto, se queda viuda dos meses después, se casa a los 17 años con don Fernando... ¡Pobre señora!

—Pero en ese caso —dijo el abuelo Bernardo, muy serio—, eran los superiores intereses del Estado los que lo exigían.

Y como, por lo visto, los superiores intereses de mi madre no interesaban para nada, se quedaron todos mirando al pobre Tiotonio, a la espera de que pronunciara algún discurso para pedir la mano de mi madre.

—Ahora dejémonos de cosas serias —gritó desde su rincón el tío Anselmo—, y vamos a hacer los honores a este vino de Vidigueira que nos está diciendo «¡bebedme!».

Fuimos todos hacia la mesa y se hablaron de otras cosas. Tiotonio podía ser un completo abstemio, pero había sido salvado por el vino.

Como después pudo verse, el susto de mis abuelos fue totalmente inútil.

Estaba claro que el amor de mi madre por Tiotonio, a pesar de los silbidos, no era lo que se dice eterno.

Nada comparable, por ejemplo, con el amor de Mónica por Alfredo Enrique. Que ella, a decir verdad, ya me asquea un poco, siempre derritiéndose por un hombre que, está clarísimo, no le hace ningún caso y, a pesar de todo lo que dice, sólo sueña con el día en que su padre muera para heredar todas las empresas y marcharse de una vez del *stand* de automóviles.

Fue exactamente eso lo que le dije hace un tiempo a mi madre, mucho antes de las iras de Alejandro Ribeiro, mucho antes de que Tiotonio y el Arcángel hubiesen entrado en nuestra vida. En esa época, mi madre nos llamaba a veces después de la cena, y se quedaba conversando con nosotros, y nos leía lo que ya había escrito, nos pedía nuestra opinión, discutíamos mucho, nos reíamos mucho. Fue en esa época cuando Alfredo Enrique entró en el *stand* de automóviles, después de haber sido empleado bancario, guía turístico y agente de la Policía de Seguridad Portuguesa.

En esa época Mónica trabajaba de empleada en un supermercado, del que yo la liberé una noche de inspiración.

—¡En una peluquería! ¡En una peluquería es donde ella tiene que trabajar!

Yo acababa de ir con Luciana a *Victorino y Lourdes,* adonde ella va una vez al mes a «cortarse las puntas», y todos aquellos olores habían acabado mareándome. Odio a los peluqueros, y por eso llevo siempre el pelo muy cortito.

—Parece que vais a alistaros —dice el tío Anselmo, que siempre encuentra mucha gracia en las cosas que dice.

Tó Luces nació ese día. Un poco contra la voluntad de mi hermano, todo hay que decirlo, que era de la opinión de que Mónica estaba muy bien frente a la caja registradora de la *Cesta Ideal.*

—Se ve a las claras que lo que ella quiere es casarse, tener un montón de hijos, quedarse limpiando el polvo y haciendo la cena y fregando los platos. Hay mujeres que han nacido para eso. Por lo menos eso es lo que dice la abuela Tita.

Mi madre se irritó. Mónica nunca tendría un destino así; lo que faltaba, después de tanto trabajo.

—Se ve a las claras —dije yo— que lo que ella quiere es viajar, conocer el mundo, perderse por ahí.

—Se ve a las claras que vosotros no entendéis nada de esto —concluyó mi madre.

Después apareció Tiotonio, y Mónica y Alfredo Enrique durmieron el sueño de los justos dentro del baúl verde, al lado de D.ª María II, de los análisis, de los recibos, de los billetes extranjeros, de las plumas y de los relojes. De vez en cuando, yo iba allí a ver si todo continuaba en el mismo sitio, y todo seguía igual: las mismas hojas con tachaduras, corregidas, con algunas notas al margen, siempre las mismas. Mi madre se había olvidado definitivamente de ellos.

Dejamos de ir a su habitación después de la cena, porque ella estaba siempre en el salón conversando con Tiotonio. Seguramente sobre las virtudes de las hierbas, o sobre la manera más eficaz (y natural, evidentemente) de curar rinitis y alergias.

No hacía falta ser bruja, ni acudir a las líneas telefónicas de tarot que anuncia la televisión, para ver que aquello acabaría tarde o temprano. Además, aquel noviazgo no coincidía en nada con lo que Luciana me había enseñado, y Luciana es muy entendida en esas cosas. No había habido regalo de CD, ni de música clásica, ni de Roberto Carlos, ni de Onda Choc, ni de nadie. Las salidas al cine tampoco eran frecuentes, ya que para Tiotonio esas salas eran más propicias al contagio de la gripe, y una gripe «era la muerte del artista» («¿De qué artista?», «Venga, Luisiña, es una manera de hablar», «¡Ah!»).

Fines de semana juntos tampoco había habido. Lo más que habíamos conseguido había sido llevarlo

dos domingos al Chalé Menezes, y hasta hoy nadie
ha conseguido quitarme de la cabeza que fue precisamente eso lo que lo llevó a flaquear ante la hipó-
tesis de la boda: pasar su día libre viendo a tía Benedicta despatarrada en el huerto, regada por tío
Anselmo, con Fabio, Marco y *Rambo* aullando, era
un precio demasiado alto, enfermedad que ninguna
infusión conseguiría curar.

A decir verdad, tanto Antonio como yo ya echá-
bamos mucho de menos las cenas con patatas fritas
y helado de fresa, bandeja en mano, en la habitación de mi madre, sufriendo horrores con el destino
de Mónica y Alfredo Enrique.

Un sábado mamá dijo:

—Hoy no viene Tiotonio.

—¿Por qué? —preguntó Antonio.

Mi madre no estaba para dar muchas explicaciones:

—Un asunto del banco.

—¿El sábado? —se asombró Antonio—. Todo el
mundo sabe que los bancarios no trabajan los sábados. Ni los domingos. Ni los días festivos. Ni la vís-
pera de los festivos. Por otra parte, os lo anticipo: si
no saco la media para entrar en Medicina, me haré
bancario. Lucrativa profesión, buena vida...

Disertar sobre la «vida de pachás» que llevan los
bancarios era uno de los temas preferidos de mi
hermano, absolutamente convencido de ser una en-
ciclopedia ambulante. Él mismo fue quien insistió
en que Alfredo Enrique dejase el mostrador de la
agencia donde mi madre lo había colocado. Desde

que apareciera Tiotonio, a mi madre no le gustaba escuchar a mi hermano decir esas cosas y le cortaba siempre el discurso:

—Se acabó la charla: hay gente perezosa en todas las profesiones.

Pero esa tarde Antonio pudo continuar a su gusto; ella parecía haberse vuelto sorda de repente. Y como, por regla general, él no avanzaba mucho en el discurso porque ella lo interrumpía a las primeras palabras, no estaba preparado para continuar. Prosiguió, no obstante, unos segundos:

—... entran a las ocho, salen a las tres, reciben catorce o quince pagas...

Después se agotaron los argumentos y tuvo que callarse.

Mi madre no le hizo caso. Miraba al techo, como si estuviese lleno de angelitos rechonchos y de guirnaldas de flores, como el techo del salón de la casa de la abuela Tita.

Pasados unos minutos, se desperezó (de aquella manera que no soporta ver en nosotros) y murmuró:

—Mónica nunca se casará con Alfredo Enrique.

A la señorita Xana sólo le gusta que la peine Mónica. Cierra los ojos mientras ella le lava la cabeza, y sueña con el día en que, sin pensar en las veinte agencias donde está apuntada, pueda sentarse a una mesa y comer lo que le dé la gana. Pero ésos son sueños imposibles: si un día aparece con medio kilo de más, habrá otra, con las medidas ideales, dispuesta a ocupar su sitio.

Mientras el agua caliente corre por su cabeza, la señorita Xana casi se adormece; es un sosiego que le va invadiendo todo el cuerpo, una molicie; un día todo será diferente, un día desfilará en todas las pasarelas y colmará sus caprichos: limusinas plateadas a la puerta de su casa, una mansión en Malibú, caviar y champán después de cada desfile, bañeras de mármol rosa donde pueda bañarse siempre que le apetezca y sin pensar en el tiempo que pierde.

—¿Está muy caliente? —pregunta Mónica, inquieta al verla tan callada.

La señorita Xana se estremece:

—No, no... Está espléndida.

—¿Se siente muy cansada? —pregunta Mónica.

A Tó Luces no le gusta que conversen con las clientas, pero la señorita Xana es un caso especial. La señorita Xana es la estrella del Salón Rosario.

—No te lo puedes imaginar... Las grabaciones de este nuevo programa, ¿sabes?, acaban tardísimo... Un horror, ¿sabes?, siempre hay interrupciones, siempre hay que volver a empezar, una lata, ¿sabes?, y lo peor es que me acuesto a las tantas, ¿sabes?, y, como todo el mundo sabe, una maniquí debe acostarse temprano, si no amaneces con la cara horrible, ¿sabes?

A Mónica, al principio le extrañó esa manía del «¿sabes?». Ahora ya no hace caso. Tal vez hablen así las modelos. La señorita Xana, por ahora, no es una cosa ni la otra: está sólo apuntada en veinte agencias, pero de un momento a otro, ¿sabes?, pueden llamarla. Por eso es necesario estar siempre preparada y, a ser posible, con ocho horas de sueño, ¿sabes?

—En Funchal dormía mucho —dice Mónica—. Ahora yo también estoy siempre agotada.

—Madeira es estupenda —exclama la señorita Xana soñando con Malibú—. ¿Tú eres de allí?

Mónica ya le ha dicho más de veinte veces que no, pero hay que tener mucha paciencia con personas como la señorita Xana, que tienen una profesión que desgasta, andan siempre corriendo, y no pueden acordarse de las conversaciones triviales de la peluquería.

—Sólo estuve allí un año, haciéndole compañía a una prima lejana. Pero no paseé nada. Ella siempre me necesitaba.

—¡No me hables de la vejez, qué horror! —murmura la señorita Xana y cambia rápidamente de tema. La vejez le da miedo. No sabe qué será de ella cuando descubra la primera arruga o las primeras canas. Lo que importa es que, cuando eso ocurra (tiene la certeza) ya estará retirada en su mansión en Malibú, escribiendo libros sobre los bastidores de la moda y los escándalos, o haciendo publicidad en la televisión americana de los mejores champúes y perfumes. Tal vez incluso acabe escribiendo su biografía. Espejo mío es un título con gancho. Ha de contar, con todos los pormenores, su infancia y adolescencia pasadas en una finca junto al Miño, con largos paseos a caballo, baños en la piscina, fiestas de madrugada; y después el día en que salió de la casa paterna para vivir sola frente al mar; y más fiestas, y los hombres enamorados de ella bebiendo champán en su zapato, sábanas de satén en la cama, el zumo de naranja preparado todas las mañanas sobre la mesa de hierro blanco del jardín; y las vacaciones, las vacaciones siempre pasadas en la mansión del Miño, entre pinos, caballos y chapuzones en la piscina.

De repente se sobresalta: ¿Habrá pinos en el Miño? ¿Y se podrá ir por allí a caballo? La señorita Xana siempre ha vivido en el Barreiro, allí sigue viviendo, y viene todos los días en barco a Lisboa, algo que Tó Luces ni siquiera imagina.

—¿Tú no serás del Miño por casualidad?

—¡No! —responde Mónica, asombrada con la pregunta.

Normalmente la señorita Xana no hace preguntas. Normalmente a la señorita Xana sólo le gusta hablar de sí misma, de su apartamento frente al mar y de lo difícil que es la vida de modelo.

—Nací en Trás-os-Montes, pero vine a Lisboa siendo muy pequeña —dice Mónica—. Vinimos todos después de la muerte de mi abuelo. Mi padre, mi hermano y una tía vieja que había criado a mi madre y vivía con nosotros.

La señorita Xana se ríe:

—Qué horror, las familias numerosas son una lata, ¿sabes?; yo vivo hace mucho tiempo en mi apartamento sola, ¿sabes?, nadie me incordia, tengo mis horarios, ¿sabes?

Mónica aún piensa en explicarle que también vive sola, ahora que su padre se ha casado de nuevo y ha vuelto a su tierra, que hace ya años que murió la tía Helena y que su hermano se fue a Hawai, y vaya usted a saber por dónde andará ahora en este mundo inmenso. Pero siente que no vale la pena; la señorita Xana, ¿sabes?, no escucharía nada.

La señorita Xana no escucha nada.

La señorita Xana está, en este momento, de regreso a su mansión de Malibú, dándose un estupendo baño de espuma en la bañera redonda de mármol rosa.

Sin preocuparse por el tiempo. Sin tener que oír a su padre y a sus hermanos gritando, por la mañana, que ya es hora de que salga de la ducha, que ellos también tienen que arreglarse, si no perderán todos el barco y llegarán tarde al trabajo.

Tiotonio nunca sospechó de la existencia de Mónica y de Alfredo Enrique, ni siquiera después de la llamada telefónica de Alejandro Ribeiro. Lo que fue —como siempre le digo a mi madre— una enorme injusticia. Quién sabe las ideas que él podría haberle dado. Seguramente Mónica, a estas alturas, trabajaría en un herbolario y Alfredo Enrique habría regresado al mostrador de su agencia bancaria.

Tal como había llegado, así, Tiotonio desapareció. A veces tengo la sensación de que un día entro en un banco y me topo con él. Y entonces, ¿qué ocurrirá? «Hola, Tiotonio, ¿cómo está?»

Pero mi madre dijo que lo habían trasladado a una agencia en el Barreiro, y que por eso le resultaba ahora difícil venir a pasar el fin de semana con nosotros. Débil pasión que no resiste un río de por medio. Débil pasión que ni siquiera ha dejado huellas en la cara de mi madre.

Según Luciana, cuando un amor acaba, «una se queda hecha un guiñapo». Y Luciana sabe de qué habla: la semana en la que se enamoró y desenamoró del empleado del mostrador de la heladería, tenía granos en toda la cara, el pelo encrespado y —¡horror de los horrores!— un kilo y medio de más. Claro que todo eso fue culpa de los helados ingeridos por la mañana, por la tarde y por la noche para poder estar más tiempo junto al hombre amado. Ése que, como todos los demás, sería para toda la vida. Pero ella asegura que fue la pasión, sólo la pasión, y no las inmensas calorías y grasas del chocolate, de la frambuesa y del *after-eight*. Después, la semana

en la que se enamoró de Ramiro (en esa época Soraya estaba en su casa con gastritis), el pelo se puso de repente más brillante (hasta en *Victorino y Lourdes* lo habían notado), y consiguió la proeza de no comerse las uñas. Terminada la pasión (es decir, terminada la gastritis de Soraya), le aparecieron bolsas bajo los ojos y una amenaza de doble papada que la tuvo al borde de la desesperación durante dos días.

Pero mi madre estaba igual. Exactamente igual. Con algo de buena voluntad, hasta podía decirse que parecía ligeramente más joven, con mejor aspecto, que esto de que una persona se pase el día bebiendo infusiones tampoco es vida para nadie.

—No era amor —asegura Luciana.

—Entonces, ¿qué era?

—Un amago.

Terminaron los silbidos y, con la bandeja sobre las rodillas, volvió a devorar telediario tras telediario, protestando siempre que la ministra de Educación aparecía en la pantalla, en lo que la coreaba Antonio, que forma parte de la Asociación de Estudiantes del colegio y quiere estar siempre muy informado «para no entrar en la universidad con actitud de paleto». Si tiene la media para entrar, evidentemente.

Para eso, y sobre todo para ganarse la simpatía de Renata, que es la presidenta de la asociación y sabe mucho de política, y es la editora de *Calientes & Buenas,* que, a pesar de parecer un reclamo para vender castañas asadas, es el periódico del colegio.

—Es un periódico en serio —dice Antonio—, un periódico donde se discute sobre la guerra en Bosnia, el hambre en Mozambique, la moneda única europea, cosas así.

Además de todo esto, Renata tiene una *Harley-Davidson* que es una maravilla, lo que también pesa en la balanza de la admiración de mi hermano.

Precisamente una noche en la que Antonio seguía atentamente un debate en la televisión sobre la situación en Burundi, datos con los que después escribiría 50 líneas para *Calientes & Buenas,* se oyó un estallido y, de repente, la pantalla quedó completamente oscura.

Un corte de luz no era: las lámparas continuaban todas encendidas, el frigorífico funcionaba, el lector de CDs seguía sonando. Mi hermano miró a mi madre, con miedo de perderse el resto del debate sobre Burundi, y después los dos me miraron a mí, como si yo fuese la salvación de ambos. Pobre de mí, que no sé cambiar ni un fusible.

A aquella hora era complicado. Podíamos llamar a un técnico, pero ¿a qué hora aparecería? Y, además, mi madre había leído en la revista *Pro-Test* (que, desde la época de Tiotonio, era su lectura obligatoria) que convenía tener cuidado con esas empresas de reparación de televisores que aparecían en los periódicos; la mayor parte de ellas eran un gran fraude, algunas hasta cobraban piezas que no colocaban, otras entregaban el televisor aún peor de lo que estaba... No, su precioso aparato no caería en esas manos. Tenía que ser una elección acertada, y eso no se podía hacer a las once de la noche, llevada por la rabia de perderse su programa preferido. Cabeza fría, cabeza fría era lo que hacía falta.

De repente se levantó del sofá y se dirigió hacia la puerta:

—Voy a preguntarle a doña Maruxiña. La semana pasada su televisor estaba averiado, ¿os acordáis?, y vino aquí a ver la telenovela de la tarde. Voy a preguntarle quién se lo arregló.

Minutos después, mi madre regresaba de la casa de la vecina acompañada por un técnico sonriente que, después de tumbar nuestro aparato cabeza abajo repitiendo entre dientes «vamos a ver..., vamos a ver..., vamos a ver...», y de dar unos toques a diestro y siniestro, declaró:

—Sólo hace falta cambiar una válvula.

Se puso de pie, se alisó el pelo (que alguna vez debía de haber sido rubio y ahora se mantenía en un tono entre el gris y la paja, como diría Tó Luces) y, con una sonrisa más, dijo:

—Vuelvo en seguida.

—Pero ¿adónde has ido tú a encontrar un técnico a estas horas y con tanta rapidez? —pregunté yo, asombrada.

Mi madre soltó una carcajada:

—¡Los dioses me han escuchado! Les supliqué: por favor, haced el milagro de traer a la puerta de mi casa a un técnico en televisores averiados, preferiblemente simpático, rubio y de ojos verdes. Y me lo han traído.

Volvió a reír:

—Es el hijo de doña Maruxiña. Parece que sabe de estas cosas, y está pasando las vacaciones en casa de su madre. Hemos tenido suerte.

Minutos después él volvía, con una caja de herramientas en la mano, unos toques más, unos «vamos a ver..., vamos a ver...» más y, de repente, estábamos de nuevo en Burundi, para gran alegría de mi hermano.

—¡Qué bien! —exclamó aliviada mi madre—. ¡Aún no han puesto el telediario!

Y volviéndose al hijo de doña Maruxiña, que mientras tanto guardaba las herramientas dentro de la caja de los casos urgentes, se deshizo en sonrisas:

—¡Muchas gracias! ¡Ha sido un ángel!

—¡Más que ángel —dijo él riendo—, un arcángel!

—¿Cómo?

Él le extendió la mano:

—Me llamo Gabriel. Mi madre es muy devota del arcángel san Gabriel. De ahí mi nombre.

Se dieron un apretón de manos.

Esa misma noche, mi madre volvió a silbar.

Fue nuestra etapa intelectual.

Pero intelectual en serio, con muchos museos, muchas películas en la Filmoteca, muchos conciertos en la Fundación Gulbenkian, en el Centro Cultural de Belém y en la iglesia de San Roque, muchas exposiciones de pintura en las galerías de Lisboa, muchas discusiones después de cenar, y siempre con el televisor apagado.

Fue la época en que mi madre anduvo un poco alejada de las desgracias de este mundo, ya que sólo leía las noticias de los periódicos; y, como todo el mundo sabe, presenciar un tiro en directo, con muchas salpicaduras de sangre y la gente gritando «¡Fue ése! ¡Fue ése! No dejen que se escape, que nosotros nos ocupamos de llamar una ambulancia!», no se puede comparar con la descripción leída en un periódico. Como todo el mundo lo sabe: las cosas sólo existen si pasan en la televisión.

Fue la época en que mi madre se olvidó de protestar contra la política educativa y ni siquiera salió a distribuir comunicados de la Federación de Profesores.

No obstante, fue también la época en que de repente mi madre volvió a interesarse por D.ª María II. Sacó las doscientas hojas Din-A4 del baúl verde (Mónica y Alfredo Enrique continuaban criando polvo) y se sentó a su mesa de trabajo varias horas seguidas, consultando fichas, abriendo y cerrando libros, pulsando las teclas del ordenador, al que aún no se había habituado y siempre temía:

—¿Y si le doy a una tecla equivocada y desaparece todo?

Fue la época en que mi padre se sintió feliz: era ahora cuando mi madre llegaría por fin a hacer el doctorado.

—Ha recuperado el gusto por la investigación —decía él, totalmente convencido— y ya no querrá hacer otra cosa.

Llegó incluso a ofrecerse para «trazar un perfil psicológico de la reina, una figura de mujer interesantísima, ¡murió tan pronto y gobernó casi siempre embarazada! ¡Once hijos en dieciséis años! ¡La pobrecita murió de agotamiento!».

Mi madre frunció el ceño:

—Aparte de la historia de su antepasada, nunca he visto a tu padre tan interesado en D.ª María II.

Y rechazó la oferta; ese trabajo era sólo suyo, no quería intromisiones de psiquiatras, ni siquiera de un ex-marido psiquiatra. Ya eran más que suficientes las noches en que nos quedábamos todos en el salón (si no había conciertos, ni películas, ni teatro, ni se inauguraba ninguna exposición) discutiendo sobre el siglo XIX.

Fue la época en que la profesora de portugués se asombró de los libros que yo leía y el profesor de Historia estuvo a punto de desmayarse cuando me escuchó disertar largamente sobre D.ª María II, sólo porque él se había acordado de preguntar quién había entrado alguna vez en el Teatro Nacional.

Fue la época en que los domingos en casa de tía Benedicta y de tío Anselmo se redujeron drásticamente, y, en vez del vídeo del baño con la manguera, nos quedábamos en casa viendo vídeos de la BBC y de la *National Geographic Magazine,* alquilados en el club al que pertenecía el Arcángel. Antonio se especializó en los monos japoneses de la isla de Koshima; en cuanto a mí, acabé sabiéndolo todo sobre los cocodrilos australianos de Kakadu, que existen desde hace 250 millones de años, son de sangre fría y por eso comen muy poco.

—Sólo a mí todo me engorda —suspira mi madre, que ya se sabe el vídeo de memoria.

Fue también la época en que *Calientes & Buenas* comenzó su apogeo. Las páginas de todos los números venían repletas de artículos histórico-culturales de gran interés: «El matrimonio por poderes en la época de D.ª María II»; «El significado del concepto de «usurpador» en la época de D.ª María II»; «Consecuencias de la inexistencia de planificación familiar en la época de D.ª María II»; «El papel de Belém en la época de D.ª María II»; «Esbozo de un retrato psicológico de D.ª María II»; «Estadista: ¿palabra femenina en la época de D.ª María II?».

A pesar del interés y de la documentación de todos los artículos en *Calientes & Buenas,* el presidente del Consejo Directivo llamó a Renata y le dijo que tal vez fuese mejor cambiar de tema o, por lo menos, de reinado, y mandó a mi hermano a la psicóloga que va una vez al mes al colegio, porque, en su opinión, aquella fijación de Antonio por D.ª María II debía de esconder seguramente algún trauma infantil. Que ella lo observase bien.

—¡Que no vas, y se acabó! Lo único que faltaba.

La voz de Alfredo Enrique suena en medio del silencio del café.

—Habla más bajo —pide Mónica.

—Hablo como se me antoja —dice él.

El camarero los mira, sorprendido. Nunca los ha visto así. Entran y salen sin hablar mucho, beben descafeinado, zumo de naranja si hace calor, a veces piden una tostada para los dos, no fuman, dan las buenas tardes y nada más. No son de aquellos que, después de pocos días, ya se dirigen a los camareros por el nombre y cuentan la historia de su vida desde la niñez.

Es la primera vez que los ve enfadados.

A Mónica no le gusta que le griten.

Su padre gritaba mucho, cuando la tía Helena se quejaba de ella:

—No ha hecho la cama.

»—Se fue sola al arroyo.

»—Se mojó los zapatos y se ensució el vestido.

»—Ha pellizcado a Bentiño.

El abuelo se sentaba por la mañana temprano bajo el limonero y asistía a todo en silencio, confiado en que la Virgen del Espino encontraría una solución a todas las desgracias sobre la faz de la tierra. O, por lo menos, sobre la faz de su huerto. Pero un día la Virgen del Espino debía de estar distraída, quién sabe si cansada de atender a tanta gente, y no oyó el grito del abuelo.

Fue Mónica la primera en encontrarlo, caído junto al banco.

—El abuelo está durmiendo en el suelo —dijo ella a la tía Helena.

A partir de ese momento, sólo se acordaba de una gran confusión, con muchos gritos, muchas carreras, de ver a su padre llegar y de Bentiño que le decía:

—¡Eres una tonta! ¿Cómo es que no te diste cuenta en seguida de que el viejo había muerto?

Días después se fueron todos a Lisboa.

En Lisboa no era posible escaparse.

En Lisboa sólo había calles, edificios altos, automóviles, tranvías, gente por todos lados y una casa pequeña donde apenas cabían los cuatro y donde su tía Helena seguía quejándose de ella:

—No ha hecho la cama.

»—No ha ido a buscar el pan a la panadería.

»—No acabó la copia.

»—Tuvo cinco errores en el dictado.

»—Se rasgó la falda en el colegio.

»—Le ha dicho palabrotas a Bentiño.

Una casa donde su padre gritaba cada vez más.

Como ahora grita Alfredo Enrique, que no quiere que Mónica acompañe a la señorita Xana, contratada para que le saquen fotos en bañador en medio del Chiado.

—¡Pero no soy yo la que desfilará en bañador en la calle! —se defiende Mónica.

—Sólo faltaría eso —protesta Alfredo Enrique.

—Ella sólo quiere que la acompañe para que la peine. Por el viento y el polvo... —intenta explicar.

Pero Alfredo Enrique no quiere entender.

—Es un trabajo como cualquier otro —insiste ella—. Incluso cobraré por hacer horas extras.

A decir verdad, Mónica aún no sabe si la señorita Xana le pagará o no. Se lo propuso casi a la salida, estando la señorita Xana junto al ordenador de Marta:

—¡Tú podrías ir conmigo el domingo! Es la agencia Jailaif, ¿sabes?, la que contrata siempre a las mejores modelos, me ha contratado para una serie de fotos publicitarias en el Chiado, ¿sabes? Me vendría muy bien tener a alguien que me peine cuando haga falta, ¿sabes?; tú sabes cómo es mi pelo, no se lleva bien con todas las manos. Nos vemos a las nueve de la mañana, ¿sabes?

Mónica se puso tan contenta, que no hizo más preguntas. Fotos publicitarias en bañador. Podría cerrar los ojos y, por unas horas, la calle del Carmo y la calle Garrett se transformarían en los arenales de Bahía, con arrecifes, islas de corales únicos, playas desiertas, lagunas de agua dulce donde desovan las tortugas marinas, mientras ella y la señorita

Xana toman el sol, comen camarones y cangrejos, beben caipiriña y agua de coco, se llenan de sabores de frutas extrañas, anacardo, jobo, guayaba.

En medio de este paraíso, ¿a quién se le ocurriría hablar de dinero?

Pero en aquel paraíso no entraba Alfredo Enrique.

Mónica se había olvidado de Alfredo Enrique y ahora él está frente a ella, el descafeinado se enfría en la taza, y él asegura que ella no irá con la señorita Xana a ninguna parte; lo que faltaba, andar pavoneándose con una panda de gente loca y medio desnuda por las calles de la ciudad, para colmo en domingo.

—El domingo es nuestro día —dice Alfredo Enrique—. El día de la familia.

Mónica no tiene familia. O, mejor dicho: tiene a su padre, que vive en una aldea perdida, sin recibir noticias suyas, y un hermano que un día salió de casa para hacer las Américas y nunca más volvió. Y doña Gilberta, evidentemente, a quien sigue mandándole una tarjeta de felicitación hacia Navidad.

Pero familia en serio no tiene. La tendrá cuando se case con Alfredo Enrique, nazcan sus hijos y estén todos en una casa muy pequeña, con ventanas que den a las ventanas de los vecinos, reuniéndose los domingos, Alfredo Enrique con un chándal verde y morado, los niños casi siempre constipados y muy absorbentes, todos en marcha hacia un lugar que no le apetece a nadie, sólo porque es domingo y los domingos tienen que ser así.

—El domingo —continúa Alfredo Enrique— es el único día de la semana que podemos estar más tiempo juntos, que podemos conversar, dar un paseo.

El café. El cine. El autobús. El beso de despedida.

La arena. El mar. Las tortugas marinas. Agua de coco. Jobo, anacardo, guayaba.

Alfredo Enrique paga los descafeinados.

—Asunto cerrado; no quiero volver a oír hablar de eso —dice él mientras salen del café.

El Arcángel quería, a toda costa, «deshacer la mala impresión que normalmente causan los técnicos».

Era la justificación que daba de tanto maratón cultural.

—Estoy harto de oír siempre los mismos tópicos sobre los técnicos —decía—. Que somos unos incultos, que sólo servimos para aflojar tuercas, cambiar fusibles, reparar televisores averiados...

Cuando decía eso mi madre lo miraba derretidísima y suspiraba. Entre nosotros, nunca me di cuenta de si el suspiro se debía al recuerdo romántico de la noche en la que se conocieron o a la añoranza del tiempo en que devoraba seis telediarios por día.

Antonio y yo le decíamos que ésa era su impresión, que nosotros conocíamos a técnicos muy intelectuales.

—Algunos hasta escriben poesía...

—Pintan cuadros...

—Tocan el oboe...

—¿Quiénes? ¿Quiénes? —preguntaba ansiosamente el Arcángel.

—Bueno, ahora no recuerdo nombres —se disculpaba mi hermano—, pero son muy conocidos, ¡palabra que lo son!, estoy harto de leer noticias sobre ellos en *JL*.

JL era la Biblia del Arcángel.

Así como *Pro-test* era la Biblia de Tiotonio.

Así como *A la deriva* era la Biblia de Mónica.

Así como *Joven de hoy, Mujeres, Pasarela* y *Vosotras* son las Biblias de Luciana.

Pero, aun con la fuerza de *JL,* el Arcángel hacía oídos sordos a lo que decíamos, y el maratón cultural no paraba. Lo confieso: por muy breves momentos, llegué incluso a echar de menos el vídeo de tía Benedicta despatarrada en el huerto del Chalé Menezes.

El pobre Alejandro Ribeiro llegaba a telefonear tres veces al día para ver si convencía a mi madre de sacar a Mónica y a Alfredo Enrique del interior del baúl donde se consumían.

—Tres llamadas al día es amor —decía Luciana.

—Más bien necesidad de dinero —aseguraba mi hermano.

—Nunca he visto que los libros den dinero —decía Luciana.

—Éstos dan —decía mi hermano.

—¿Qué? —exclamó Luciana—. ¡¿No me digas que tu madre está escribiendo libros pornográficos, con muchos tacos intercalados?!

—No digas tonterías —se indignó mi hermano.

—Ésos sí que se venden como churros.

—Los que publica Alejandro Ribeiro también.

La editorial de Alejandro Ribeiro, con el romántico nombre de *Interludio,* sólo se mantiene con la colección de novela rosa que publica, y para la cual tuviera, hace tiempo, la triste idea de pedir la colaboración de mi madre.

Aún hoy estoy tratando de entender la razón de su solicitud.

—Amor —vuelve a asegurar Luciana, que no puede ver a un hombre sin oír inmediatamente los acordes de la *Marcha Nupcial* y oler a perfume de azahar.

Y, a pesar de todo lo que mi madre dice, aún estoy tratando de entender por qué razón aceptó. No me parece que algunos artículos en periódicos y revistas sobre temas históricos y sobre el lenguaje popular en Gil Vicente sean un claro indicio de novelista de amores ardientes.

Mi madre cuenta que Alejandro Ribeiro fue compañero suyo en la facultad, y que todo el mundo se divertía a su costa cuando lo veían llegar con un bolso enorme cargado de libros, que traducía en los descansos entre las clases. Vaciaba el bolso encima de la mesa del bar, y mientras los demás se agobiaban con la lingüística, la fonética y las teorías de la Historia, él traducía, a un ritmo vertiginoso, *Dulce embeleso, Bésame antes de morir* y *Traición en las Antillas.*

A mi madre le daba pena y, de vez en cuando, se ofrecía a ayudarlo. Llegó incluso a traer algunos libros para traducir en casa. Uno de ellos está aún hoy en la biblioteca de su estudio. «Como recuerdo», dice ella. Se llama *Amor en las dunas,* comienza con la protagonista muriendo de sed en el desierto del Sahara, y acaba con su boda con el jefe de una tribu beréber en las arenas contaminadas de Trafaria. Fue un éxito de ventas tan grande, que Alejandro Ribeiro había querido incluso pagarle la traducción, lo que él, obviamente, nunca hacía, entre otras cosas porque la mayor parte de los títulos de *Interludio* eran traducciones suyas en la mesa del bar de Letras. Mi madre no aceptó, «lo que faltaba, el pobrecito siempre tan necesitado de dinero». Después, llevado por el éxito de *Amor en las dunas,* Alejandro Ribeiro le pasó otro. Éste, con el no menos sugestivo título de *Morenos furiosos,* se desarrollaba durante una lucha de capoeira en los arenales del Nordeste brasileño. Pero ése fue el momento en que, en la cola de votantes para la Constituyente (según la versión de ella), o en el concierto de la Gulbenkian (según la versión de él), mi padre y mi madre se encontraron y comenzaron su noviazgo.

—Un día —cuenta ella—, vuestro padre se topó con *Morenos furiosos* dentro de mi bolso y se puso furioso. Que parecía imposible que yo me dedicase a lecturas tan vulgares, que nunca había pensado, etc., etc., etc. Y por más que yo intentase explicarle, él no me escuchaba. Para evitar riñas innecesarias, acabé devolviéndole el libro a Alejandro Ribeiro, y durante unos cuantos años no tuve noticias suyas. De vez en cuando, salía un título más de *Interludio* y yo sabía que él seguía vivo. Hasta el día en que me llamó detallándome la desgraciada historia de un socio que había huido con un original, y que ahora qué iba a hacer él, no podía tener las máquinas paradas, que si no podía yo echarle una mano, yo que ya sabía de qué iba la colección... Me dio tanta pena, me acordé de cómo se burlaban de él cuando vaciaba el bolso de las novelas en el bar de Letras, que acabé diciéndole que sí, que yo escribiría la historia.

—Amor —asegura Luciana.

Que entiende mucho de amores, pero no sabe nada de solidaridad.

Mi madre ya debería saber que los arcángeles no son de fiar.

«Ningún hombre es de fiar», dice siempre Luciana cuando llega el fin de semana. Los amores eternos de Luciana duran casi siempre ocho días. Pasado ese tiempo, ella muere de amor, descubre que finalmente ha nacido para ser monja o se deja convencer por *Vosotras* de que las mujeres solteras son las de mayor encanto y seducción. Al lunes siguiente, se tropieza con un moreno de ojos verdes (rubio de ojos azules, moreno de ojos castaños, rubio de ojos verdes, rubio de ojos negros, para el caso da igual) y vuelta a empezar. La profesora de portugués siempre dice que todos deberíamos seguir su ejemplo. No porque la profesora de portugués sea muy apologista del enamorarse-desenamorarse, nada de eso. Lo que ocurre es que a Luciana, al cabo de ocho días de pasión, cuando queda «hecha un pingajo», le da por estudiar. Se encierra en su habitación y, en dos días, devora un libro entero. Como es de suponer, tiene una biblioteca impresionante en casa. Es «una chica de muchas lecturas», dice la profesora, sin desconfiar de lo qué hay detrás de tanto afán literario. Sólo se quedó algo sorprendida cuando una vez, al coger el ejemplar de *Los Maia* de Luciana, se encontró con una inmensa lista de nombres masculinos justo en la primera página.

—Jorge..., Ramiro..., Pablo..., Luis Antonio..., Lucio...

La profesora la miró por encima de las gafas, asombrada:

—¿Son tus hermanos?

Pobre profesora, siempre tan inocente.

—No —tartamudeó Luciana.

—Entonces no sé para qué escribes en los libros. Pensé que había pertenecido a todos tus hermanos y ahora era tuyo. Sí, porque a excepción de nuestro nombre no debemos escribir nada más en los libros. ¡Es un sacrilegio!

La profesora de portugués ama los libros con la misma pasión con la que Luciana ama a los chicos del colegio. Por eso Luciana no dijo nada más, y prometió no volver a hacer esas cosas; para colmo, ella que era una chica de tantas lecturas.

Luciana es una muchacha muy organizada, y escribe en todos los libros el nombre del novio causa de su lectura. «Albertino», se lee en la primera página del *Auto da Índia*. «Juvenal», en la primera página de los *Bichos*. Pero *Los Maia* era demasiado largo como para caber todo en un disgusto de fin de semana, y por eso tuvo varios amores mientras tanto, lo que no podía explicarle a la profesora de portugués.

Mi padre dice que Luciana es muy insegura y está carente de afecto. Mi padre emplea siempre palabras muy curiosas para explicar las cosas. Tal vez tenga razón. Cuando voy a casa de Luciana nunca encuentro a nadie; su madre «acaba de salir», su padre «debe de estar a punto de llegar»; lo cierto es que, en todo este tiempo, sólo los he visto dos veces, y fue siempre en la fiesta de cumpleaños de Luciana. Aun así, por poco tiempo:

—Ya estáis creciditos y no necesitáis la presencia de los adultos para nada, ¿no? —exclamaba su madre, riéndose mucho, ya con el abrigo puesto y la cartera en la mano, en la puerta principal.

En cuanto a su padre, dijo «¡chao!» y se fue poco después.

—Al menos no nos dan la lata —exclamó Luciana, mientras iba al frigorífico a buscar las botellas de Coca-Cola.

Pero su risa sonó un poco falsa y yo nunca toqué el asunto. A pesar de ser pesados, aburridos, incordiantes con las notas, los padres hacen mucha falta en una casa. A pesar de las idas al Chalé Menezes, a pesar de los silbidos y de los amores, a pesar de D.ª María II y de Mónica y Alfredo Enrique, no me veo yo muy bien lejos de mi madre. (También porque, lo reconozco, ella sin mí no es nadie y sólo hace tonterías.) Y no fue fácil habituarme a la idea de no recibir el beso de mi padre por la noche, antes de dormirme.

Mi padre: el primer arcángel que apareció en el camino de mi madre.

Fue eso lo que le dije a Antonio hace unos días. A mi madre se le desorbitaron los ojos:

—¡¿Arcángel?! ¡¿Tu padre?! Si no es ángel, mucho menos será arcángel... ¡Un demonio, un demonio es lo que es!

Después se arrepintió:

—¡Pobre, llamarlo demonio es demasiado fuerte! Dejando de lado su manía de grandeza, tu padre hasta es buena persona. Pero de ahí a ser arcángel...

Antonio se acomodó las gafas, señal de que iba a dar una lección a alguien, y dijo:

—No estás entendiendo nada. ¿Nunca has oído hablar del arcángel san Miguel?

—¡Ah, los arcángeles en serio, los de la Biblia!

—Claro. San Miguel, san Gabriel, san Rafael.

—¡... Y también un navío de transporte llamado *Bérrio!* —se oyó una voz desde el fondo de la sala.

Miramos, y era el Arcángel que acababa de entrar, preguntando si mi madre nos estaba dando una clase sobre el viaje de Vasco da Gama, un asunto que siempre lo había fascinado; todavía hoy se sabía de memoria el nombre de los barcos, porque —como, por otra parte, nosotros ya habíamos podido comprobar— no todos los técnicos eran ignorantes o incultos.

—No —respondió mi madre—, no hablábamos de barcos. Hablábamos de arcángeles.

—¡¿Arcángeles?! —preguntó él desconfiado. Nunca nos dijo nada, pero, en el fondo, siempre le pareció raro que ninguno de nosotros lo tratase de Gabriel—. Os estabais burlando de mí, ¿no?

Mi madre se rió:

—No seas tan egocéntrico: hay más arcángeles en el mundo.

—Es por un artículo que tengo que escribir para *Calientes & Buenas* —intervino mi hermano, que de vez en cuando tiene esas actitudes de salvador de la Patria.

El Arcángel no pareció muy convencido, pero como había llegado la hora de llevar a mi madre a una montaje en el Museo de la Electricidad («el artista fue compañero mío en el Técnico», «¿has visto cómo hay muchos ingenieros cultos?», «pues sí»), se encogió de hombros y no pensó más en el asunto.

En cuanto a mí, me quedé sentada en el sofá de la sala escuchando cómo mi hermano amenazaba con tirar por la ventana al primer Rafael que se cruzase en el camino de nuestra madre.

—Basta ya de arcángeles —dijo.

Mónica acaba de llegar al Paraíso. Antes de ella,
Henry Morgan, el pirata, había desembarcado con
sus hombres, cajas de ron y piedras preciosas traí-
das de paraísos diferentes.

Cuarenta veces había ido Henry Morgan a la isla
a enterrar sus tesoros. Quien encuentre los cuarenta
cofres de Henry Morgan, el pirata, tendrá que lu-
char contra los malos espíritus de la isla.

Esto fue lo que le dijeron a Mónica cuando llegó,
trescientos años después, cargada de cajas con cepi-
llos, peines, secadores, suavizantes, rulos, bañado-
res y botes de laca.

La isla tiene muchas palmeras, una arena finísima
y colinas de donde, por la noche, salen cangrejos que
bajan hasta el mar para poner sus huevos. Entonces,
la isla se cubre de cangrejos, tantos que, le han conta-
do a Mónica, a veces no se ve el suelo debajo de ellos.

—¡Un «ex»! —exclamó Tó Luces cuando apare-
ció entre las palmeras.

Arqueobaldo adorna el pelo de Mónica con flo-
res de hibiscus.

—La señorita Xana... —murmura ella—. La señorita Xana es la que tiene que estar preparada para la fiesta. La señorita Xana tendrá que desfilar y las veinte agencias tendrán los ojos puestos en ella.

Arqueobaldo no dice nada, lleva a Mónica hacia la mesa de madera vieja bajo las palmeras de la playa, donde comen plátanos y beben leche de coco.

—Alfredo Enrique sólo bebe descafeinado —dice Mónica, mientras el líquido blanquecino se desliza por su boca.

Arqueobaldo la mira y no dice nada.

—¿Dónde está la señorita Xana? Estoy aquí para peinarla. He llegado a las nueve en punto —pregunta Mónica.

Pero Arqueobaldo continúa en silencio. Mónica no sabe qué lengua hablará Arqueobaldo. ¿Qué lengua se hablará en el Paraíso?

A lo lejos, los arrecifes se recortan en el paisaje.

—Tengo que encontrar a la señorita Xana —murmura Mónica—. Por ella estoy aquí.

Se levanta y va a buscarla por las casas de madera vieja pintadas de color rosa, amarillo, verde y azul. Con la marea alta, el agua llega casi hasta dentro de las casas, invadiendo la isla tal como, hace trescientos años, hizo Henry Morgan, el pirata.

—¿Acaso ha vuelto Henry Morgan y se ha llevado a la señorita Xana? —se asusta Mónica—. ¿Acaso Arqueobaldo es Henry Morgan disfrazado? ¿Acaso Tó Luces ha raptado a la señorita Xana y va a vivir con ella en casa de doña Rosario? ¿Acaso la señorita Xana ha encontrado los cuarenta cofres de piedras preciosas y se ha convertido en rehén de los malos espíritus de la isla?

Mónica se interna en el mar, pero, de repente, oye la voz de Alfredo Enrique y de doña Gilberta; pero ellos no están en ninguna parte, sólo oye sus voces, como pájaros invisibles que se posan en su cuerpo.

—Parece mentira —dice Alfredo Enrique—: ¡desfilando en bañador delante de todo el mundo!

—Es el destino —dice doña Gilberta.

—¿Por qué será que Claudia Schiffer aún no ha llegado? —pregunta Tó Luces, surgiendo entre las palmeras.

—Aún es temprano —dice Mónica.

—Sí, es verdad; a pesar de la hora que marcan los relojes, aún no son las seis de la mañana.

—¿Y la señorita Xana? —pregunta Mónica.

Pero ni las voces ni Tó Luces le responden, no deben de oírla. Doña Gilberta ha muerto. Alfredo Enrique se ha cansado de esperarla en el café.

Arqueobaldo se acerca a Mónica:

—Bienvenida a las Antillas, bienvenida a la isla de la Providencia, reino absoluto de Henry Morgan, el pirata. Sólo yo sé el camino que lleva a los cuarenta cofres.

—Hay cosas más importantes que el dinero —dice la voz de Alfredo Enrique.

—Sólo yo conozco el secreto que transforma la savia de los árboles en ron de los bosques, que los hombres beben por la noche para soportar el día —continúa Arqueobaldo—. Quédate conmigo y todo será tuyo.

—Mi casa no está aquí —murmura Mónica.

—¿Dónde está tu casa? —pregunta Arqueobaldo.

Mónica intenta explicar, pero tampoco ella sabe dónde está su casa.

—Tu casa es el autobús, el café, el cine —dice la voz de Alfredo Enrique.

—Tu casa es el Salón Rosario —dice Tó Luces.

—Tu casa es este banco debajo del limonero —dice el abuelo, levantándose del suelo, cubierto de cangrejos.

—Tu casa es el maíz frito de los sábados —dice doña Gilberta.

—Tu casa es la cama que no haces, los errores en el dictado, el olor a fritura —dice tía Helena.

—Tu casa es el mundo —dice la voz de Bentiño, que pasó por la isla hace trescientos años con Henry Morgan, el pirata.

Mónica no consigue decir nada. Ni siquiera es capaz de llamar a Bentiño, de decirle que lo echa de menos, que un día habrá de salir por el mundo en su busca.

«¿Estaré volviéndome loca?», piensa.

—¿Dónde está tu casa? —insiste Arqueobaldo.

Mónica no consigue responder, tiene los labios pegados con leche de coco y ron de los bosques. Quiere llamar a la señorita Xana, pero le falta la voz. Los cangrejos se agarran a su pelo, bajan por el cuello, mientras a lo lejos un aullido persistente se vuelve cada vez más agudo, cada vez más fuerte, cada vez más cercano, mucho más cercano, y Mónica abre los ojos, da un zapatazo al despertador y se *promete a sí misma que nunca más se quedará leyendo* A la deriva *entrada la noche.*

Son las ocho de la mañana («las siete en Madeira, las seis en las Azores», dice el locutor) y ella ha quedado en el Chiado a las nueve en punto.

Se despereza, lentamente.

—Mi casa, Arqueobaldo —murmura sonriendo—, *está donde tú estés.*

La primera señal de crisis fue cuando mi madre llegó una tarde de casa de doña Maruxiña, se sentó en el sofá, puso un cojín grande encima de su estómago y no silbó.

—¿Crees que estoy más gorda? —me preguntó.

Me extrañó la pregunta: desde que estábamos de retiro cultural, mi madre había dejado de preocuparse por dietas y calorías. Pero ella no esperaba mi respuesta, porque las preguntas continuaban.

—¿Seré mala persona, mala profesional, mala ama de casa, mala madre?

Ahora que pienso en eso, creo que mi madre, justo ese día, me dio todas las señales, y yo debería haberlas entendido. Pero andaba con exámenes, el fin de curso es siempre una época horrible, vienen unos detrás de otros, no tenía la cabeza para otra cosa. Le hice una caricia en la cara, la llamé la mejor madre del mundo, la mejor profesora del mundo, la mejor ama de casa del mundo (en este punto confieso que me trabé un poco), la persona más simpática del mundo.

—¿Y delgada? —preguntaba ella, angustiada.

—¡Delgadísima! —juré por todo lo que allí había de más sagrado, con una entonación a lo tía Fátima.

Ella pareció quedarse más tranquila y yo me lancé al ataque de la gramática inglesa, algo que sólo podía haber salido de la cabeza de los ingleses para hacernos perder la paciencia. Ni siquiera hablé del tema con Antonio, porque él, en época de exámenes, se vuelve aún más insoportable que yo.

Una noche, el Arcángel telefoneó y ella mandó decir que no estaba. Ante mi mirada de asombro, sólo murmuró:

—Me duele la cabeza. Quiero acostarme pronto.

—Debe de estar enferma —dijo Antonio después de que ella se encerrase en su habitación.

—Debe de estarlo —dije yo, mucho más preocupada, lo confieso, por las diferencias entre el *should* y el *would,* que aún hoy no me entran en la cabeza.

A la mañana siguiente, mi madre se despertó malhumorada y protestando contra el tiempo y contra quien había inventado el último período escolar en medio del verano. Palabra que hasta me dieron pena los pobres alumnos que tendrían que aguantarla aquel día. Cuando regresó, antes incluso de decir hola, estáis bien, os habéis divertido mucho, cuántos kilos habéis perdido ya estudiando, esas cosas, se encerró en su despacho, cogió las 200 páginas de la tesis sobre D.ª María II (que ya debía de andar por las 250), abrió el baúl de latón verde (repleto de análisis, facturas de la luz, del gas y del teléfono, billetes extranjeros, papeles de los impuestos, relojes parados, plumas estropeadas, y la antigua cartilla militar de mi padre, que ella descubrió hace días y quiso guardar de recuerdo) y metió todo allí dentro.

—No tengo cabeza para esto —murmuró.

Ésa habría sido otra señal importante. Luciana debería haberme alertado acerca de ella inmediatamente, pero en estos últimos tiempos mis charlas con Luciana casi siempre giraban en torno a frases que comenzasen por *if* (¿por qué se habrá inventado el futuro de los verbos?) o de «libros-que-yo-había-comprado», que se transformaban en «libros-que-habían-sido-comprados-por-mí», todo en inglés, faltaría más, para demostrar al mundo que nadie puede sobrevivir si no domina la voz pasiva.

Una noche, el Arcángel apareció en casa, sin avisar, para invitarnos a los tres a una obra de teatro en el Nacional, estrenada hacía poco.

—No me apetece —dijo mi madre, hundida en el sofá.

—Mamá —exclamó Antonio—, ¡no seas aburrida! Vamos, que Renata ya la ha visto y le ha gustado mucho.

—Me da igual lo que diga Renata —refunfuñó mi madre—. No quiero ir, listo. Estoy harta. Harta de teatro, harta de cine, harta de conciertos, harta de exposiciones, harta de todas esas chorradas.

El Arcángel no daba crédito a sus oídos:

—Pero es con Eunice..., con Irene Cruz...

—Aunque fuese con Sarah Bernhardt —dijo mi madre.

El Arcángel se llevó la mano al bolsillo:

—Hasta he comprado las entradas, por miedo a que se agotasen...

—Dáselas a un pobre.

La cara del Arcángel daba pena. Parecía un arcángel en serio, de aquellos que se ven en los grabados, con alas enormes y el gesto de quien está obligado a cargar con todos los males de la humanidad y perdonarlos.

Antonio y yo decidimos interceder por el pobre, y después de muchos besos y caricias, soborno al que no se resiste, mi madre se levantó del sofá y cogió uno de sus bolsos, condescendiendo a acompañarnos.

Se trataba de una obra muy dramática, con una historia que se desarrollaba en Sudáfrica.

—Recuérdame que escriba un artículo sobre el *apartheid* para *Calientes & Buenas* —susurró Antonio.

—Ya no hay *apartheid* —susurré yo.

—Eso es lo que tú crees —volvió a susurrar mi hermano.

—¡Silencio! —chilló un señor a mi lado.

Mi madre miraba al techo, se rascaba la espalda, abría el bolso, mientras yo pedía a todos los ángeles y arcángeles que el bolso no se vaciase allí, para no pasar la vergüenza de andar a gatas —en el cine del centro comercial, pase— en un teatro tan fino y tan lleno de terciopelos como aquél.

De repente, sin decir agua va, se levantó y atravesó el resto de la fila con intención de llegar al pasillo e irse de allí.

—Luisa..., Luisa... —murmuraba el Arcángel—. Pero ¿qué ha pasado?

Mi madre, sin vacilar, «permiso, permiso», mientras unas personas encogían las piernas para que pudiese pasar y otras se levantaban, y su bolso daba en la cabeza de los que estaban en la fila de delante, y ella, «permiso, permiso», y el Arcángel, «¡Luisa! ¡Luisa!», y yo miraba a mi hermano sin entender nada, y Eunice e Irene Cruz, totalmente embaladas en un diálogo sobre la lucha por la libertad y por la igualdad y por la luz interior, encendían velas por todo el escenario, rodeadas de estatuas monstruosas («símbolos de la opresión y de la intolerancia», dijo Antonio, que entiende mucho de esas cosas), y la voz de mi madre, ya en el pasillo, «¡después me decís si ellas se casan!», y el señor que estaba a mi lado sacudía la cabeza, «¡qué familia, santo Dios!».

El Arcángel hizo un leve movimiento para levantarse e ir tras ella, pero acabó desistiendo y se quedó en su butaca de terciopelo, y nosotros al lado de él, que nos había invitado, y la voz de la invitación, en este caso, hablaba mucho más alto que la voz de la sangre. Aguantamos la obra hasta el final, pero nos distrajimos un poco de la historia. El Arcángel tampoco tenía una cara muy animada, pero su fervor intelectual le impedía dejar a la mitad un espectáculo cultural. Además, nunca se sabía quién podría estar en el patio de butacas mirándolo, tal vez murmurando «estos técnicos, ¡Dios mío», sólo sirven para aflojar tuercas». Esperó al final, aguardó a que las actrices se acercasen cuatro veces al proscenio para agradecer los aplausos, gritó «¡bravo!, ¡bravo!» cada vez, y sólo después de que todas las luces se encendiesen se levantó de su asiento y se dirigió a la salida, de allí al aparcamiento y del aparcamiento a casa. Todo sin decir una sola palabra.

No entró, no dejó ningún recado, esperó a que abriésemos la puerta de entrada y se encendiese una luz en el vestíbulo.

Mi madre estaba en su despacho, viendo las últimas noticias en la televisión. En la mano derecha, una fotografía que, de lejos, me pareció de pronto la de la *pecañajita* de la amiga de tía Benedicta, pero que, más de cerca, resultaba ser, sin sombra de duda, la de una *pecañajita* mucho más crecida y, si cabe, aún con más colgantes en el cuello.

De quién era la fotografía, nunca llegué a saberlo, ni hacía falta. Recordaba haberla visto por primera vez en manos de mi madre la tarde en que ella volvió de casa de doña Maruxiña con la expresión de quien se ha llevado un gran chasco.

Después de esa noche del teatro, el Arcángel no volvió a nuestra casa. Y vinieron días complicados, con mi madre colgada del teléfono, encerrada en su despacho, haciendo honor a todo su conocimiento del lenguaje popular, en Gil Vicente o en cualquier otro sitio. De vez en cuando salía, de vez en cuando entraba doña Maruxiña y se encerraban las dos en la sala, y más llamadas telefónicas y más charlas; al atardecer aparecía la tía Benedicta y, cuando finalmente se iban todos y mi madre se dejaba caer frente a la televisión en espera de las noticias, casi siempre exclamaba:

—Los técnicos son todos así.

De nada servía preguntar «¿así, cómo?». Tal como ocurre con los psiquiatras, la respuesta era «así».

Tiotonio, en ese aspecto, había tenido más suerte. Tampoco había habido, que Antonio y yo supiésemos, ninguna fotografía de *pecañajita* por medio; sólo un río, y eso ya cambiaba las cosas. Además, Tiotonio había guiado a mi madre por el camino de las infusiones para adelgazar y le había regalado una suscripción a *Pro-Test* que dura hasta hoy. Nunca de él se oyó decir: «los bancarios son todos así». Aunque, a decir verdad, nunca de él se oyó decir nada más en nuestra casa.

Durante algún tiempo, siempre que nos cruzábamos en la escalera con doña Maruxiña, ella suspiraba profundamente, daba solidarias palmaditas a mi madre en el hombro y murmuraba:

—¡Ay, este hijo mío nunca sentará cabeza!

No hacía falta ser un genio o diplomada en pasiones como Luciana para llegar a la conclusión de que, en este mundo de tentaciones, ni los arcángeles se resisten a ellas.

El Arcángel telefoneó varias veces más, pero mi madre nunca tenía la paciencia necesaria para dar explicaciones. Una tarde lo atendió tres veces seguidas. A la cuarta vez, cogió el teléfono y, sin titubear, soltó:

—Mira, si el señor no tiene nada que hacer, el problema es suyo. Pero yo...

Pero esa vez era Alejandro Ribeiro el que llamaba.

—Ya me he dado cuenta de que no es el mejor momento para hablar contigo —murmuró el pobre.

—No, realmente no lo es —dijo mi madre, que en seguida cambió de idea—. Aunque tampoco lo sé muy bien. Acaso lo sea. ¿Quieres pasarte por aquí para que hablemos con calma?

Un cuarto de hora después, Alejandro Ribeiro estaba llamando a nuestra puerta, aún sin creer del todo que mi madre lo salvaría.

—¿Está listo? —preguntó en cuanto le abrí la puerta.

—Estás loco —respondió mi madre desde su rincón—. Cálmate y ven a sentarte.

—¿Has hecho todo como te lo pedí? —insistió Alejandro Ribeiro, excitadísimo—. ¿Transcurre en Malibú?

—Transcurre en Lisboa, que fue el destino más exótico que conseguí inventar.

Alejandro Ribeiro suspiró. Lisboa. En 345 volúmenes de la colección, nunca había tenido *Interludio* una historia que transcurriese en Lisboa, en medio de la polvareda de las obras del metro, de los socavones en las calles, de las colas para el autobús. La cara de Alejandro Ribeiro era, en aquel momento (y para usar el lenguaje de los libros de *Interludio)* la perfecta imagen del desaliento.

Mi madre comenzó a reír. Era la primera vez que la oía reír desde que el Arcángel alzara el vuelo.

—Por lo visto, Mónica y Alfredo Enrique volverán a ser una excelente terapia —dijo Antonio a mi oído. Es lo que yo digo: éste seguirá los pasos de su padre, con derecho a consultorio, Belmira y clientes perfumadas.

Alejandro Ribeiro se rascó la cabeza, aturullado. Después sacó del bolsillo de la chaqueta un libro medio roto, con una cubierta de colores chillones, y se lo mostró a mi madre.

—¿*Las noches ardientes de Bora Bora?* —leyó mi madre, mirándolo sin entender nada—. ¿Qué quieres que haga con esto?

Antonio extendió la mano para ver si conseguía echarle un vistazo, quién sabe incluso si no le daría tema para un texto en *Calientes & Buenas*. Con tanta noche ardiente, seguro que se lo daba. Pero Alejandro Ribeiro ya había vuelto a guardárselo en el bolsillo, no sé si con miedo de perder tamaño tesoro o con vergüenza de verlo en nuestras manos.

—No te imaginas cómo se ha vendido —le dijo a mi madre—. Precisamente es una historia muy entretenida, con muchos bailes en la playa, la gente siempre con collares de flores al cuello, declaraciones de amor a la luz de la luna bajo las cabañas, y después hay una que está buscando a su hermano, que desapareció en la Segunda Guerra...

—Y no me digas que lo encuentra debajo de la cabaña —dijo mi madre riendo.

—No, pero se encuentra con un pirata regenerado, se casan y son felices para siempre.

—Debajo de la cabaña —remató mi madre.

A Alejandro Ribeiro no le hacían ninguna gracia estas cosas. *Interludio* era demasiado importante como para bromear. Se encogió de hombros y dijo simplemente:

—Me gustaría tener ahora otro librito que se vendiese como éste. Me equilibraría las finanzas. Y además no puedo tener las máquinas paradas. ¡Si ese sinvergüenza no se hubiese escapado con el original, no estaría tan angustiado! Y precisamente debía de ser muy ameno: transcurría en Hawai, con una marquesa arruinada...

Mi madre no dejó avanzar a la marquesa:

—Pues sí, pero conmigo no va. Ya te he dicho que no soy capaz de escribir esas cosas. Aunque lo intente. Me echo a reír en la segunda frase y ya no puedo parar. Pero te he prometido el libro y cumpliré la promesa. Aunque no tiene cabañas, ni marquesas arruinadas, ni islas exóticas.

—¿Ni Madeira, al menos? —suspiró Alejandro Ribeiro.

—Ni las Berlengas. Así que lo tomas o lo dejas.

Pensé que debía hacer algo por el pobrecito.

—¿Quiere un café?

Él se animó un poco:

—¡Precisamente me estaba haciendo falta uno! ¡Bien cargado, por favor!

Y esa tarde, mientras mi madre y Alejandro Ribeiro discutían destinos exóticos (él: «Malibú, Ibiza, isla de Pascua...»; ella: «Lisboa, Barreiro, Chiado...»), pudieron estrenarse finalmente las tazas de Vista Alegre compradas para Tiotonio.

Y porque Alejandro Ribeiro se rindió, estamos aquí las dos, en este estudio caluroso en pleno mes de agosto. Antonio también quería quedarse, porque «siempre es bueno que haya un hombre en casa». Mi madre se ablandó (¡Dios mío! ¡Cómo consigue convencerla!), y ni siquiera se le pasó por la cabeza que la repentina idea de mi hermano de cambiar el apartamento del Algarve de mi padre en verano por nuestra casa lisboeta, caliente como un horno, tenía mucho más que ver con el hecho de que Renata había decidido este año trabajar en las vacaciones; así podría juntar el dinero necesario para, el próximo verano, irse por el mundo en su *Harley-Davidson*. Antonio ya se veía, durante este mes, vestido de amarillo y rojo en el mostrador de un McDonald, preparando *cheeseburgers*, *maxburgers* y Coca-Colas, bien cerca de Renata, que, a estas alturas, ya debe de estar preparando el *Calientes & Buenas* del próximo año con un artículo de sensación: «Mi entrada en el mercado de trabajo».

Pero finalmente mi madre dijo que no, que nuestro padre ya había hecho los planes, y que ya bastaba con que uno de nosotros no fuese. Y, en este caso, que Antonio la disculpase, pero que le parecía mejor que me quedara yo, que me manejo mejor en la cocina, sé ocuparme de la comida cuando hace falta, y programo la lavadora sin desgracias mayores. Mi hermano escuchó todo sin rechistar, consciente del estado en que deja la cocina cuando se le piden unos simples huevos revueltos, y acordándose también de una camiseta XL que metió en la lavadora y que salió de allí lista para vestir a un recién nacido no muy desarrollado. Antonio nació ya con todos los defectos de los hombres, y eso sólo se remediará cuando se case.

—En ese momento, ya verás cómo se endereza en seguida —dice Luciana, quien piensa que el matrimonio sirve únicamente para eso.

Mi madre cumplía la promesa: desde las ocho hasta el mediodía nadie podía arrancarla de la mesa de trabajo, frente a la pantalla del ordenador, inventando destinos para Mónica y Alfredo Enrique. De vez en cuando dejaba de teclear, me miraba y decía:

—¿Y si lo rompiese todo e hiciese tal como Alejandro Ribeiro quiere?

Cerraba los ojos y recitaba:

—«Mónica se pasea por las arenas doradas de Malibú. El crepúsculo, de una belleza deslumbrante, la lleva al día en que encontró a Alfredo Enrique perdido entre las rocas de Ibiza...»

Después se echaba a reír, pero en seguida volvía al buen camino. Por el buen camino he estado velando yo todos estos días, impidiéndole que metiese otra vez a los dos héroes en el baúl de latón verde y que todo regresase al principio. De vez en cuando imprimía algunos capítulos, para que, después de cenar, entre un telediario y otro, cambiásemos impresiones, bandeja en mano, con enormes copas de helado, que comíamos sin acordarnos de los granos (yo) ni de las calorías (ella).

Después de esas lecturas en voz alta fue cuando Mónica acabó abriendo los ojos y comenzó a pensar que tal vez su destino no fuese casarse con Alfredo Enrique.

—Tal vez no se case con nadie —murmuró mi madre, que, después de Tiotonio y del Arcángel, comenzó a valorar más el significado de la palabra «independencia».

—¡Alejandro Ribeiro te mata! —dije yo.

—Pues sí —asintió—. Si no le he concedido Malibú, ni Ibiza, ni cabañas, por lo menos que haya una boda al final.

Quedó entonces decidido que Mónica se casaría. Con quién, aún no lo sé: mi madre está muy preocupada ahora por cumplir el plazo y no tiene tiempo para grandes debates filosóficos bandeja en mano. Pero no será con Alfredo Enrique. Estaba claro que esa relación no funcionaría. De vez en cuando releo algunos de esos capítulos que discutimos y me da pena que la historia termine en el volumen 346 de *Interludio*. Merecería mejor suerte. Tal vez un día, cuando mi madre sea muy famosa, alguien descubra esta novela rosa y se hagan tesis doctorales sobre ella, y se escriban artículos en *JL,* y se descubra cómo en el fondo Alejandro Ribeiro fue importante en su carrera. Cómo en el fondo Alejandro Ribeiro, siempre despreciado por la crítica, se hartó de editar obras maestras. Cómo en el fondo aquellos enredos en Malibú, Ibiza, Bora Bora, isla de Pascua, tenían muchas otras lecturas, a cual más profunda. Cómo aquella historia del jefe beréber que se casaba en Trafaria no era más que una llamada de atención sobre la importancia de la diferencia, y que debemos ser tolerantes con todos los que habitan sobre la faz de la Tierra.

Pues sí.

Puede ser que un día todo llegue a ser así. Y la fama de mi madre sea tanta que mi padre desista, finalmente, de verla terminar su tesis sobre D.ª María II.

Pero, por ahora, Mónica y Alfredo Enrique siguen luchando por la vida en las teclas del ordenador. Mañana sin falta todo estará resuelto: a las cinco de la tarde, Alejandro Ribeiro vendrá a buscar el disquete. Mañana Mónica tendrá su destino resuelto, la señorita Xana regresará o no a Barreiro en el barco de costumbre. Tó Luces continuará soñando con Claudia Schiffer o con cualquier otra, Bentiño aparecerá una mañana a la puerta del *stand* o andará perdido para siempre, y quién sabe si finalmente Alfredo Enrique no tendrá en la familia un primo lejano que también lea *A la deriva* y sueñe con fantásticos destinos, y encuentre en Mónica a su alma gemela.

Mañana todo estará terminado. Me dará pena separarme de ellos. Por eso he grapado en este cuaderno, lleno de guirnaldas y con la cara de los Beatles medio desenfocada, aquellos capítulos que discutí con mi madre en esas noches de telediarios tardíos y helados atiborrados de calorías. Y puede ser sólo impresión mía, pero tengo la vaga sensación de ver que John Lennon sonríe. Yo sé que ella trabajó por solidaridad: no se deja a un antiguo compañero de la facultad al borde de la ruina porque un socio cualquiera, sin corazón, decidió huir con una marquesa arruinada por las arenas de Hawai. Pero para mí ha sido el agosto más divertido de mi vida, sobre todo cuando Alfredo Enrique entraba en escena, con aquel nombre tan lleno de brillantina en el pelo. Y a pesar del gesto serio de mi madre frente a la pantalla del ordenador, tengo la certeza de que se ha divertido tanto como yo. Por lo menos se hartó de comer helados sin preguntar, ni siquiera una vez, cuántas calorías tenían por cada cien gramos.

Entre las infusiones que todo lo curan de Tiotonio y la maratón cultural del Arcángel, Mónica y Alfredo Enrique se quedan en buena compañía. Sea cual fuere el destino de cada uno, todos vivirán felices para siempre.

Y si mañana, cuando reciba el disquete, Alejandro Ribeiro le dice a mi madre «¡Luisa, qué delgada estás!», la felicidad de ella no tendrá límite.

Quién sabe si no comenzará, en ese preciso instante, a silbar.

Índice

Escribieron y dibujaron...

Alice
Vieira

—*Alice Vieira es una autora reconocida internacionalmente debido sin duda a la excelente calidad literaria de su obra. Antes de iniciar su andadura en la literatura infantil, ¿cuáles fueron sus primeros pasos profesionales?*

—Soy licenciada en Filología Germánica por la Facultad de Letras de Lisboa y di clases de alemán durante un año. Pero pronto hice del periodismo mi verdadera profesión, ya que desde mi adolescencia empecé a colaborar en varios diarios. Desde entonces he trabajado para diferentes medios de comunicación, como el *Diario de Lisboa,* el *Diario Popular* y el *Diario de Noticias* y también he colaborado para la televisión.

—*Usted nació en Lisboa en 1943, y en 1979 gana su primer premio, el Premio del Año Internacional de la Infancia, con* Rosa, mi hermana Rosa. *Desde en-*

tonces no ha parado de publicar libros infantiles y juveniles.

—Es cierto, desde entonces he publicado casi un libro cada año y, afortunadamente, mis libros han sido traducidos al alemán, flamenco, húngaro, checo, gallego, vasco, catalán...

—Sus historias destacan por su manera de tratar la soledad, la discordia emocional, la muerte y el paso de la adolescencia a la madurez. ¿Considera que éstos son temas que interesan a los lectores?

—Ante todo me considero una escritora de temas realistas porque siento que, con mis obras, puedo ayudar a los jóvenes a identificarse con una problemática similar a la suya y, de este modo, ofrecerles soluciones a sus conflictos internos.

Páliaz

—*Páliaz es un ilustrador que prefiere mantener el anonimato y presentarse con un seudónimo. ¿Le sugirió alguna idea previa el título de esta obra?*

—Sí. A mí también me gusta el mes de agosto. Cuando llega esta época del año, los amigos, las familias, los amantes, reposan del resto del año. Los sentimientos se evidencian y la razón descansa, se dejan llevar. Ilustrar es vivir en agosto, un continuo agosto de imágenes y textos.

—*¿Qué ha representado para usted ilustrar esta obra?*

—En esta ocasión, el trabajo nace de un compromiso, el de resolver diferentes y muy variados estímulos en un espacio muy concreto, en forma de L invertida.

—*¿Cómo ha conseguido adaptar el concepto de la ilustración al espacio tan limitado del que disponía?*

—La necesidad de síntesis no es sólo un imperativo debido al pequeño formato, es también una manera de condensar las distintas sensaciones de cada capítulo, como cuando el verano toca a su fin y cada uno de nosotros rescata inconscientemente las experiencias que con más intensidad han quedado grabadas en nuestro interior.

SOPA DE LIBROS

OTROS TÍTULOS PUBLICADOS
A PARTIR DE 12 AÑOS

Las horas largas
Concha López Narváez

Como cada año, los pastores inician su viaje:
hay que conducir más de mil ovejas desde
las sierras de Burgos a tierras de Extremadura.
Martín es un zagal decidido a recorrer
los caminos de la Mesta.

La mirada oscura
Joan Manuel Gisbert

Hace años, la extraña conducta del granjero
Eugenio Aceves le convirtió en el principal
sospechoso de dos asesinatos y tuvo
que huir del pueblo. Pero ahora, el enigmático
personaje ha vuelto y Regina, la protagonista,
teme por la vida de su padre, empleado
de la granja. Mientras los vecinos
exigen justicia.

Tiempo de nubes negras
Manuel L. Alonso

Un día en que Manolo se encuentra solo
en casa descubre unas esposas que su padre
ocultaba y se pone a jugar con ellas.
Cuando quiere quitárselas se da cuenta
de que no tiene la llave.

Cuando los gatos se sienten tan solos
Mariasun Landa

La mejor compañía para Maider es su gata
Ofelia. Junto a ella es más fácil sobrellevar
ciertas contrariedades familiares. Por eso,
el día en que la gata se escapa del caserío,
Maider sale en su busca sin importarle
el riesgo.

El pazo vacío
Xabier P. Docampo

A Nicolás le aburre la escuela pero se lo pasa
fenomenal con su tío Delio, que es relojero
y vive en un viejo vagón de tren. La gran
aventura comienza cuando descubren, en el
doble fondo de un reloj antiguo, unas cartas
comprometedoras y deciden investigar en
un pazo deshabitado, donde parece ser que
se halla la clave del misterio.